universal grinder manuskripte
low budget

Auszug eines Gesprächs mit dem Autor
Wochenendbeilage des Marburger Tageblatts vom 11.06.2021

M.T.: *An ihrem ersten Besuch in unserer Redaktion, vor zwei Jahren, unterbreiteten sie den Vorschlag, aus den »grinder manuskripten« einzelne Episoden in der Wochenendausgabe abzudrucken.*
J.R.: Sie wiesen das ab, als nicht mehr zeitgemäß. Sie hatten Recht, ich kannte das halt noch aus den Zeitungen der fünfziger Jahre.

Im Gespräch legten Sie die merkwürdige Theorie dar, die steinerne Grablege der Landgrafen im Südchor der Marburger Elisabethkirche seien fremde Raumfahrer, die nach glückloser Notlandung auf der Erde in ihren Hyperschlafkojen zu petrifizierten Fossilien verwandelt wurden.

Sakrosankte Historie. Unzuverlässiges Erzählen ist respektlos. Ohne neue Denkhorizonte wär's doch langweilig.

Nun präsentieren Sie mir den dritten Band Ihrer quixotischen Saga. Eine Veröffentlichung der Werke lässt immer noch auf sich warten.

Ein Buchumschlag ist ungeeignet darüber hin und her zu wischen. Die periphere Perspektive wandelt vieles ins Bizarre, diese Schwärme, die Straßen bevölkernde Schneckenhauswesen, die ihre Gehäuse wie Monstranzen vor sich her tragen, massenhysterische Phänomene des Mittelalters.

Dieser Tage wird unsere Zivilisation von einem unsichtbaren Virus heimgesucht. Übertrifft die Realität nicht jede Science-Fiction?

Sie haben Recht, wir leben in dystopischen Zeiten.

Die politische Dimension der Gegenwart lässt Sie dennoch kalt?

Eine politische Matrix, unter der alles Lebendig sich Regende in Furcht und Angst niedergedrückt wird. Das macht fügsam. In der propagierten Literatur scheint mir die biographische Authentizität als wichtigste Legitimation der Glaubwürdigkeit von Autoren zu gelten. Verzichte gerne darauf, Vertreter gehobener Literatur zu sein.

Mit welcher Literatur sind Sie aufgewachsen?

In den unmittelbaren Nachkriegsjahren, waren das die Erzeugnisse despektierlich genannter Schundhefte sowie Comics, und sie mussten heimlich gelesen werden. Untadelig war's Karl May zu lesen. Über etliche Jahre wurde mir Das Beste aus Reader's Digest eine nicht zu unterschätzende Quelle der Erzählkunst.

Bin zu jung, solches noch auf dem Schirm zu haben. Mag sich ja auf die Streaming Dienste und Serienstaffeln verlagert haben.

Gewiss, das Medium ist die Botschaft. Die alten Schmöker stehen meiner "Schreibkompetenz" näher. Mangelhafte Schulleistungen im Fach Deutsch wurden mir regelmäßig mit einem Verdikt quittiert.

Aus Platzgründen enden hiermit die Gesprächsauszüge

M.T.: *Statt des Honorars, mir jetzt eine besondere Freude, darf Ihnen eine exquisite Flasche Canadien Bourbon überreichen.*
J.R.: Sie denken an alles, bin gerührt, haben Sie besten Dank.

grinder manuskripte
low budget

jürgen rahn

Bibliografische Information der Deutschen Nationalbibliothek: Die Deutsche Nationalbibliothek verzeichnet diese Publikation in der Deutschen Nationalbibliografie; detaillierte bibliografische Daten sind im Internet über dnb.dnb.de abrufbar.

"grinder manuskripte – low budget" (2020)

ISBN: 978-3-7597-7049-3 (2024)
Verlag: BoD · Books on Demand GmbH, Überseering 33, 22297 Hamburg, bod@bod.de
Druck: Libri Plureos GmbH, Friedensallee 273, 22763 Hamburg

Dritter Band der Reihe "universal grinder episoden"
© 2018 Jürgen Rahn
parmenides publishing
Brunnenfrosch – Kleiner Tellerrand

Text, Abbildungen und Gestaltung: Jürgen Rahn
Korrektorat: Bertram Rutz

Rückseitiger Buchdeckel:
Der chinesische Stempel wurde von Wang Ning geschnitzt.
In seinen Worten, "der Brunnenfrosch betrachtet die Wolke"

Die kunst ist nicht
vom zaun zu brechen,
es ist auch keine,
mit dem zaunpfahl zu winken

der Brunnenfrosch

universal grinder episode XXXIV

ein schlitzohriger handel

Kaum die tür des ladengeschäfts hinter sich geschlossen, schwenkte der unbekannte, mit tiefer verbeugung und weit ausgreifender armgeste, einen fasanenfeder geschmückten grünen bowlerhut, vor einem, angesichts dieses gezieres verdutzt dreinblickenden antiquitätenhändler.
"Sie gestatten, Ohnegut. Habe die ehre ihnen den handel ihres lebens anzubieten."
"Nichts für Ungut, bin der händler, doch als kunde heiße ich sie herzlichst willkommen, sehen sie sich nur um."
Wortlos sich dehnende sekunden, beider blicke wanderten entlang der regale, vollgepfropft mit seltsamsten dingen.
"Wie sie sehen, hier gibt es viel zu entdecken, stöbern sie nur, jeder wird hier fündig."
"Ich bin nicht jeder, meine name ist Ohnegut", wiederholte der besucher, diesmal mit nur noch schwach angedeuteter version seines kratzfußes.
"Wie gesagt, bin herr Ungut. In aller bescheidenheit, herr Ohnegut, meinen laden verlassen nur zufriedene kunden."
"Und meiner wenigkeit obliegt es heute ihrer zufriedenheit zu diensten zu sein", förderte mit diesen worten eine kleine metallene handwerkliche preziose aus seinem umhang hervor, ein miniatur mahlwerk mit einer kurbel, unklar ob für pfeffer oder muskat, oder überhaupt?
Ungut, "eine zweckmäßige verwendung erschließt sich mir nicht", leicht indigniert, "als kunstwerk erst recht schwer einzuschätzen, ja wenn's denn aus porzellan wäre."
"Wie viele ladenhüter geben das geheimnis ihrer einstigen funktion nicht mehr so leicht preis, diese mühle wäre doch in enigmatischer gesellschaft."
Das kam bei herrn Ungut gar nicht gut an, nun hielt er nicht mehr hinter dem berg, "beherberge keine ladenhüter. Um das klar zu stellen, für hausierer habe ich kein ohr. Der ton macht die musik. Sage ihnen, was meinem geschäftssinn flügel verleiht, das ist das glockengeläute der ladenkasse."

Triefende stille, die ladenkasse schwieg, hat ja auch keinen eigenen willen. Ohnegut dagegen schon, einlenkend, "ein missverständnis, komme mit aufrichtigem ansinnen wie zu einem treuhändler, mein einfacher wunsch, diese antiquität in guten händen für mich aufbewahrt zu wissen."
"Danke für den honig, doch unverblümt gesagt, ihnen geht es um bares, käme einem ankauf gleich, danach lassen sich nie wieder blicken."
"Nicht, wenn ich es nur zu deponieren wünschte, es später mit zins und zinseszinsen wieder einzulösen."
Ohnegut hatte die mühle mittlerweile auf dem ladentisch abgestellt. Herr Ungut beäugte das seltsame teil nun etwas eingehender. Sein gegenüber legte nach, "ich sehe schon, die antiquität wird unter ihrer obhut einen angemessenen platz bekommen."
"Falls sie es immer noch nicht verstanden haben, von mir gibt es keinen heller pfandgeld, jedenfalls nicht den, den sie sich heimlich als gegenwert erhoffen."
"Ein solcher wäre sowieso niemals verhandelbar, unmöglich das mahlwerk zu veräußern, das ginge gar nicht", was irgendwie seltsam und merkwürdig klang.
"Wie sollte ich ihnen trauen? Nach ihrem leumund will ich gar nicht erst fragen, sie sind nicht von hier, also zur sicherheit, mehr als fünf zechinen faustpfand sind nicht drin. Bei einlösung sind für jeden verstrichenen monat fünfundzwanzig prozent zinsen zu zahlen." Insgeheim hoffte herr Ungut, auf diese weise herrn Ohnegut abgeschreckt und indirekt der tür verwiesen zu haben.
Aber der willigte lächelnd ein, "ahnte ich doch, hier triffst du auf wahren sachverstand, sagte ich mir, und sie beweisen sich als guter vertragspartner."
Ohne weitere worte stellte herr Ungut den pfandschein aus, drückte seinem gegenüber die wenigen kupfermünzen in die hand, stellte die mühle in das regal hinter sich, und wieder an herrn Ohnegut gewandt, "damit möchte ich sie in aller gebotenen freundlichkeit verabschieden, wenn sie erlauben, werde jetzt den laden schließen, meine mittagspause, also bitte, gehen sie voraus."

Herr Ungut war's zufrieden seinen seltsamen gast nach draußen bugsiert zu haben, verschloss die ladentür, zog das gitter herunter, das ebenfalls sorgfältig verriegelt wurde. Derweil überkam ihn ein sinneswandel, wandte sich an den noch unschlüssig dastehenden Ohnegut, "wenn sie nichts einzuwenden haben, es ihnen also nicht pressiert, möchte sie gerne noch zu einem mokka ins kaffeehaus einladen."
"Herzlichen dank, sie beschämen mich, das ist mehr als ich verdiene", doch sein versuch, wieder seinen bowlerhut zu schwenken vereitelte sein gegenüber, der nun dessen arm ergriff, "dann also nichts wie los", und lotste seinen gast zielsicher durch den irrgarten der engen gassen und wege des flohmarktes.

Im kaffeehaus *Aladin* angekommen, kaum eingetreten, eine kosmopolitisch babylonische welle an sprachen schwappte ihnen entgegen, gäste unterschiedlichster herkunft und alters. Ohnegut, bas erstaunt, "wie angenehm, ein wirklich guter vorschlag hier einzukehren."
Eine bedienstete nahm ungefragt von einem freien tisch am fenster das *reserviert* schild an sich, "bitte sehr, wie immer? Und ihre begleitung?"
Ungut, "auch einem Cognac zum mokka und croissant?"
Der nahm dankend an.
Kaum versehen war schon serviert worden.
"Beeindruckend herr Ungut, welche bevorzugung bei diesem gästeandrang."
Sie schlürften behaglich ihren mokka, dann Ungut, "wie sie sagen, wir leute vom flohmarkt sind einander in einem ganz eigenem kosmos verbunden. Wer sich in unser reich begibt oder gar verirrt, dem helfen wir zu einem unverstellten blick auf die dinge, weckt die kräfte der erinnerungen, anders als künstlich polierte glücksversprechen des modernen handels der kaufhäuser, des konsums von kurzlebigen dingen."
"Sie wollen sagen, der flohmarkt sei ein antidot gegen jene verluste durch entwöhnung dauerhafter beziehungen zu gegenständen, wie es kinder noch pflegen?"
"Richtig, herr Ungut. Manche dinge gewinnen mit der zeit ein eigenleben, lebendiger als die meisten ahnen."

"Sehr sybellinisch. Wir sitzen hier im *Aladin* und wissen, so viel verborgenes befindet sich direkt vor unseren augen. Es braucht nur das geheime wort, den schlüssel um zugang zu finden."
"Sesam öffne dich. Darf ich sie was persönliches fragen?" Doch Ungut wartete keinen antwort ab und fuhr fort, "wie anzunehmen, sie sind von sehr weit hergekommen, mir eine antiquität gegen ein nicht nennenswertes pfandgeld zu hinterlassen, obendrein zu hohen zinsen ihrerseits. Ist das nicht verwunderlich?"
Ohnegut, "eine ungeduldige frage."
"Die höflichkeit verbietet, allzu direkt nach persönlichem zu fragen."
"Worüber wir eben noch sprachen, woraus folgt, persönliche wertschätzung von dingen bleibt unbezahlbar."
"Dann erzählen sie mir die geschichte der mühle die ich für sie nun aufbewahre."
"Dürften uns darüber einig sein, mit jedem neuen besitzer eines gegenstands beginnt eine neue, unveräußerlich persönliche geschichte. Eine wirklich aneignung geschieht nicht durch kauf oder verkauf, und wie wir wissen, wohnt den dingen ein eigener wille inne, sich zu offenbaren. Sie werden sich als guter treuhändler erweisen."
Schweigend tranken sie ihren mokka aus, blickten aus dem fenster des *Aladin*, beobachteten das gemächliche treiben der menschen draußen vor den ständen und läden.

"Ja dann, herr Ohnegut, meine mittagspause ist fast rum, da wartet eine verabredung. Bin beglückt, noch etwas mit ihnen geplauscht zu haben. Ihr geheimnis in ehren, es mit so hohem zins bewahrt zu wissen, bleibt mir nur, ihnen viel glück für die klärung ihrer angelegenheiten zu wünschen."
"Sehr vertrauensvoll, bin schon dabei so einiges ins reine zu bringen."
"Also auf künftige zeiten", der antiquitätenhändler winkte der serviererin zu. Nachdem er gezahlt hatte standen sie auf, vor dem *Aladin* verabschiedeten sie sich, trennten sich in entgegengesetzte richtungen.

universal grinder episode XXXV

beware the moonflowers
ankunft

In sich selbst ruhend, wanderte sein von abschweifenden gedanken unverstellter blick versonnen durch das vor ihm ausgebreitete panorama einer mittelgebirgigen landschaft, streifte entlang bewaldeter höhen, talwärts sanft fließende wiesenhänge, aus niederungen sich wieder aufschwingend, bis an die inseln waldbestandener kuppen. Immer wieder weite wiesen, keine anzeichen der nutzung, keine farbigen gesprengsel bäuerlicher gehöfte, keine dächer versteckter weiler, das bild dieser landschaftlichen idylle wirkte gänzlich unbehaust.
Durch die ihn umgebende, mit nahen und fernen stimmen und klängen der natur fein verwoben vibrierende luft, drang nicht das mindeste hörbare zeugnis des vorhandenseins von autostraßen, eine geräuschkulisse die sonst meilenweit nicht abebbte. Kein verlust, aber das ausbleiben jeglicher bekundungen menschlicher unrast war auffallend.
So saß er schon eine geraume zeitvergessene weile auf seiner bank am rand eines waldes, lichte kiefern, dahinter in dämmeriger tiefe ein wall dicht gedrängter fichten.
Allerdings, vor ihm kurvte so was wie ein feldweg durch die wiesen, schmale radspuren zwischen grasnarben. Hoch im zenit stand ein ins rötliche chargierendes sonnenrund, ließ ihn zwar an *Omega24* denken, doch hatte er je diese sonne durch die atmosphäre eines ihrer planeten gesehen?
So begannen seine gedanken sich nun doch in erinnerungen zu ergehen, was hatte Jules ihm nicht alles über dieses gewusel von vierundzwanzig trabanten des zentralgestirns erzählt.
Eine nahe freundliche stimme weckte ihn, "ich störe doch nicht?"
Ein schäfer stand vor ihm, seine herde nutze die pause sich abseits des weges frisches gras zu suchen, zwei hunde hatten reichlich zu tun.

"Alles bestens, sind der erste der mir hier begegnet."
"Worauf warten sie denn an diesem ort?"
Den schäfer verwunderte es offensichtlich, hier jemanden so untätig anzutreffen, "wie lange gedenken sie noch sich hier aufzuhalten? Ich erinnere sie, für den weg zur stadt braucht's immerhin noch einige stunden."
"Im moment gefällt es mir hier außerordentlich, der tag ist noch lang, kommt zeit, kommt rat."
"Beizeiten, hoffe ich", das klang besorgt, "ein wandernder handwerksbursche wüsste sich zu sputen, augenscheinlich gilt das für sie nicht."
"Gehe keinem gewerbe nach, leiste es mir untätig zu sein, genieße diese betörend schöne landschaft."
"Für was sie nur augen haben, was heißt denn schön, meine schafe genießen das gras der fetten wiesen, schön und gut, habe mühe sie zum weiterziehen zu bewegen. Wenn sie gestatten, das haben sie mit ihnen gemeinsam."
"Danke für das kompliment."
"Wie kann ich sie nur zur vernunft bringen? Dieser wald hinter ihnen hat in dieser gegend alles verändert. Sicherheit gibt es nur noch in der stadt."
"Im spukwald da hausen die räuber, und wölfe holen ihre schafe."
"Sie spotten. Der Trutzwald ist bösartig."
"Was sie nicht sagen. Ein tag zum träumen."
"Des abends und dann die nacht hier draußen, die schemen aus dem gehölz warten mit anderen träumen auf."
"Aber sagen sie, zu so einem märchenwald dürfte doch ein märchenwürdiges gasthaus gehören?"
Der schäfer, innerlich empört über diese seltsame uzerei, er blieb freundlich, "gasthaus würde ich das nicht nennen. Von hier aus, am westlichen rand des Trutzwaldes, am ende der einstigen autostraße gab es eine art privates hotel, wurde den den herren *motel* genannt, ist zu lange her, unsereins kennt nur noch gerüchte, ein verrufener ort."
"Also richtung westen, einfach am waldrand orientieren?"
"Vergessen sie es."
Dem mann wurde augenscheinlich immer unbehaglicher

zumute sich dazu weiter zu äußern, er pfiff nach seinen hunden, die folgsam die herde aus den wiesen zurück auf den weg trieben und warteten weiterzuziehen. Der schäfer bereit zu gehen, in seinen bart brummelnd, kopfschüttelnd, "und wer war nur so verrückt hier eine bank aufzustellen?" Argo hörte das, "vielleicht ein wanderverein?"
Dem mann reichte es vollends, "das beste, ich verabschiede mich", zog seinen hut, "angenehm, mögen wir uns unter unbesorgteren umständen in der stadt wieder begegnen."

Kindheit und jugend auf dem land, Argo war mit vielerlei abergläubischem geraune über nächtliches treiben der, vom tageslicht gebannten geister vertraut. Manche sollten sogar schon des tags in die haut einer, sich in feld und wald allein aufhaltenden person schlüpfen, mit allerlei schabernack die mitwelt hinters licht führend.

Die sonne, noch hochstehend, schon über den zenit hinaus, ihre zunehmend glühende röte dürfte ein spezifisches phänomen hiesiger natürlicher atmosphärischer umstände sein, jedenfalls nicht industriellen ursprungs, was hier wohl auszuschließen war.

Eine weile später, rumpelte ein beladener, von einem esel gezogener einachsiger karren heran, gleiche richtung wie zuvor der schäfer. Ein nebenher gehender bauer hielt an und rief ihm irgendetwas zu, kam dabei langsam näher, "grüß gott der herr, kommen sie mit des weges, leisten wir uns gesellschaft", er blickte hinauf zur sonne, "sie wollen doch auch noch beizeiten die stadt erreichen."
"Bin nicht in geschäften unterwegs. Was hätte ich also dort verloren?"
"Schutz, was denn sonst? Und Rhodan ist die größte stadt weit und breit."
"Ziehe vorerst die hiesige aussicht der stadt vor."
Der bauer blickte um sich, "was gibt's den besonderes zu sehen?" kratzte sich am kopf, "nun ja, lassen wir das, es ist nicht ratsam hier noch weitere zeit zu vertrödeln."
"Habe erfahren, es gäbe ein altes hotel, nicht weit, am rand des Trutzwaldes."

Der bauer starrte Argo entgeistert an, "wer hat ihnen das in den kopf gesetzt? Dorthin führen keine wege, auch gut so. Ziehen sie mit mir, könnten uns derweil gerne mit solchen spökereien die zeit vertreiben", keine antwort des fremden, "also dann, muss mich sputen", kopfschüttelnd trottete der bauer zurück zu seinem gefährt und war bald außer sicht.
Wozu hatte Argo sein vertrautes reisemobil, vom Dschinn längst in die navigation einbezogen? Zöge jetzt zwar eine wanderung zum motel vor, ohne wegmarken nicht gerade das wahre, besser später, mit seinem lufttaxi, nur nicht in die stadt Rhodan, ein anklang von science-fiction. Tauchte statt dessen wieder in den atem dieser landschaft seiner kindheit ein.
Später fiel ihm ein, der leitfaden zum *Omega24* aus seinem quartier auf der *Bosporus,* nannte einen planeten *Rho* als siebzehnten. Was sagte ihm das schon. Es wurde abend als er sich mit der flugbank zum motel aufmachte.

ein entlegenes motel

"Wie das, sich hierher zu verlaufen? Sagen also, sie suchten quartier für die nacht, ausgerechnet hier, abseits aller wege, wohl von dem nach Rhodan abgeirrt, aber ungewöhnlich."
"Dies sieht hier doch ganz nach einem MOTEL aus."
"Die auf den dach verbliebenen, obendrein unbeleuchteten buchstaben _O_EL, können sie nicht hierher gelockt haben."
"Nun bin ich bedauerlicherweise hier."
"Bin kein herbergsvater, schon lange aus dem geschäft."
"Also gibt es freie zimmer? Wenigstens für eine nacht ein dach über dem kopf?"
"Haben sie referenzen?"
"Vom ansässigen landvolk wurde mir dieser ort nicht gerade empfohlen. Ganz im gegenteil, sie behaupten hier spukt es, sie fürchten sich."
"Sie fürchten sich vor dem wald."
"Versuchen sie nun nicht auch mir nahezulegen, ich wäre in der stadt besser aufgehoben. Dorthin zieht es mich nicht im geringsten, wenn sie verstehen."

"Ist ihnen dort zu heiß geworden?"
"Was soll ich darauf erwidern?"
"Na also gut", er gab den eingang frei, "you're welcome."
"Sie haben ein einsehen."
"Sind hier für's erste sicher. Morgen sehen wir weiter."
"Danke, das ist ein wort."
"Aber, aber, selbstverständlich, unter ehrenleuten, gestatten Norman Icebat. Folgen sie mir."
"Mister Argo, reisender in handlungsgsoptionen."
"Klingt ungewöhnlich, aber interessant."

Gleich im entrée, eine verwaiste rezeption, Mr. Icebat griff aus dem regel nach einem schlüssel, "zimmer 237, im gang hinter ihnen, leicht zu finden."
"Die zimmer des motels, entschuldigen sie, des einstigen, beginnen wohl erst mit 230, oder liegen alle andere etagen unterweltlich?"
"Oh, wenn meine mama diesen humor noch hätte erleben können. Wissen sie, seit ihrem tod versorge ich hier nur noch eine verschworene klösterliche gemeinschaft, widme mich sozusagen denen, die vom rechten weg abgekommen sind."
"Eine ehrenwerte aufgabe, danke ihnen, auch mir deshalb für diese eine nacht fürsorglichen schutz zu gewähren."
Norman Icebat kam hinter dem desk hervor, Argo zur seite tretend, "sie meinten sicher handelsoptionen, vielleicht geben sie mir gelegentlich tips, gewinnbringende anlagen. Genehmigen wir uns doch einen drink in der bar. Geht aufs haus und gibt die nötige bettschwere, kommen sie."
Nun, Argo war klar, wer von einer bar spricht, konnte kaum ein klösterliches refektorium meinen, auf alle fälle aussicht auf einen wein oder hochprozentigeres.
Nach zwei zwischentüren, von einem kleinen flur getrennt, hinter der letzten ein großer raum. glich zu dieser nachtzeit mit seiner spärlichen bleuchtung einer finsteren spelunke, so wie er sie aus *film noir* produktionen kannte, Dick Tracy. Sam Spade, Lemmy Caution und sonstige mystery crime filme. Nah dran ins schwärmen zu geraten, schnell zurück

in die gegenwart. Aus einem zwielichtigem halbdunkel wurde er von schemenhaft sich abzeichnenden gestalten argwöhnisch beäugt, taxiert, blieb aber unbehelligt, durfte immerhin als gast des klostervorstehers angesehen werden, besser gesagt, des chefs dieses etablissements, ihm wurde respekt gezollt. Einige drinks, dann, zum glück früher als befürchtet, wurde er dieser höllenprobe entbunden.
Mr. Icebat erlaubte ihm gnädigst sein zimmer aufzusuchen, "schlafen sie sich erst einmal aus."

In dem bescheidenen reinlichen zimmer, hier und da doch etwas verstaubt, hing über einer kommode ein portrait. Peekaboo stand darunter. Der ihm bekannte Peekaboo war allerdings wesentlich jünger, oder war's der verweis auf maler? Ein rätsel, das er jetzt besser vertagte. Als erstes schloss er das fenster, hatte sich kurz versichert, seine bank stand wohlbehalten draußen, vorschriftsmäßig geparkt, wie es sich eben in einem motel gehörte, zog nun die schweren vorhänge vor und legte sich angezogen auf's bett.

Erste traumgedanken wanderten für einen moment zu dem Peekaboo portrait, doch unngerichtete szenenwechsel lösten einander ab, bis sich ein schattentheater draußen vor dem geschlossenen fenster ankündigte. Erst ein krähender hahn, der oben gegen die scheibe pickte, als erwünschte er einlass, dann miaute eine katze die sich in gesangskünsten versuchte, ein hund knurrte und bellte, als obendrein ein esel iaaahte, und Argo gedachte dieser truppe klar zu machen, sie hätten sich im märchen vertan, da wechselte die szenerie.
Ihm träumte von geflügelten, mondnächtig wachsweissen blumenblüten, vor seinem fenster in stummen reigen auf und ab tanzend. Etwas magisch verführendes ging von ihnen aus. Er wollte die vorhänge öffnen, nicht gegenwärtig genug das tatsächlich zu tun, schlafwandlerische talente wurden ihm nie nachgesagt, und mit dieser in schwebe verharrenden absicht, driftete er nach und nach in ruhigere schlafgefilde.

nur wenige seiten geduld, dann geht sie sache weiter

irrlichternd auf dem holzweg

"Nein, und nochmal nein, kommt nicht in frage."
"Habe ich denn gefragt?"
"Wollte das nur klarstellen."
"Was denn?"
"Du fragst also doch."
"Ja, danach, was für dich nicht in frage käme."
"Ganz einfach, nicht darüber nachzudenken."
"Und worüber?"
"Deine frage."
"Kannst du sie wiederholen, mir zuliebe?"
"Also, weißt du, für ein vorbildliches irrlicht fehlt die die leichtigkeit des seins."
"Warum?"
"Darum."
"Und warum darum?"
"Darum und drumherum, deine fragerei ist ohne grund."
"Aber nicht bodenlos, vielleicht ein tieferer grund, denk mal darüber nach."
"Nein, und nochmals nein, kommt nicht in frage."

Ehe diese schleife sich weiter abschleift, der leser genervt die nachttischlampe ausknipst, sich unter die bettdecke zurückzieht, in der hoffung das gelesene irrlichert nun nicht auch noch durch seine träume geisterte.

Eine unbekannte stimme, "schon mal was von nachtruhe gehört, ihr beiden vorwitzigen?"
So piepste es empört aus dem dunkel, unsichtbar im geäst einer windgeduckten strandkiefer.
"Wer bist du, wir sehen dich nicht?"
"So soll es auch sein. Die nacht schützt den schlaf der gerechten."
"Wir haben uns verirrt, brauchen hilfe."
Das zweite irrlicht, "helfen sie uns zurück zu finden, das

können sie doch?"
"Ihr entstammt sicher dem nahen moor. Dahin dürftet ihr alleine zurückfinden, hier habt ihr nichts verloren."
Doch die sache sah wohl noch anders aus. Der küste nahe vorgelagert, auf einen felsen, ragte ein leuchtturm in den nachthimmel, sein lichtstrahl streifte in abständen auch die uferfront.
Erstes irrlicht, "möchten dorthin, fragt sich nur, wie können wir das anstellen? Also *Schlaf der Gerechten*, du kennst dich hier doch aus."
"Nennt mich besser Strandpieper, den gerechten schlaf habt ihr mir geraubt. Mein rat, kehrt zurück in eure sümpfe."
Zweites irrlicht, "bester Strandpieper, außerdem haben wir uns wirklich verirrt."
"Sagtet ihr das nicht schon?"

Wieder so ein dialogischer angelpunkt, da der autor es sich bequem machen könnte, zeit zu gewinnen und kurzerhand empfehlen, "zurück zum beginn des kapitels, bis ihr wieder hier anlangt ist mir bestimmt was eingefallen."

Das nahe grollen der nächtlichen brandung, brach den mut der beiden irrlichter es bis zur felseninsel hin zu wagen. Doch gedachte das erste irrlicht nicht so leicht aufzugeben.
"Dort ist doch unser großer bruder, ein mächtiger *Baas,* wir könnten ihn unterstützen, wäre uns endlich einmal eine würdige und große aufgabe."
Die, alles sachdienliche abwägen der dinge als plunder ablehnende unvernunft, sie verteidigte auch diesmal ihren ersten platz für die dramatik von handlungen, unbestritten die weitaus förderlichste und vielversprechendste kraft, wie die menschheitsgeschichte, im speziellen in ihrer geschichte der kriege, verbrämt als das ringen von gut und böse, als *wir und die*, was immer wieder von neuem bestätigt wird.

Frau Strandpieper, eine sperlingsverwandte, außer verdacht sich anderen überlegen zu dünken, blieb geduldig. Nicht zuletzt ihrer nachtruhe zuliebe, sie gab nicht auf, die beiden plagegeister doch noch zur einsicht bewegen zu können.
"Ich rate euch, kehrt um, bleibt bei eurem angestammten

gewerbe im moor und morast der sümpfe. Das da draußen ist für euch eine nummer zu groß."
Erstes irrlicht, "wir könnten dem *Baas* helfen schiffe durch falsche signale auf die klippen zu locken."
Strandpieper, "Solche zeiten sind zum glück längst vorbei. Euer vermeintlicher *großer bruder* dürfte das anders sehen. Er betreibt ein ehrbares gewerbe."
Zweites irrlicht, "ist umzukehren nicht doch das bessere?"
Erstes irrlicht, "unsinn, hör endlich auf mit deinen fragen. Wir müssen voran, unsere kräfte vereinigen, täuschen ist unsere natur, machen wir das grösstmöglich schlechteste daraus."
Der Strandpieper möchte diese bagage endlich los sein, "weise euch nur darauf hin, euer problem erledigt sich von selbst, euer leuchten hat abgenommen, wird zusehends schwächer. Ohne die dämpfe eures moores werdet ihr es nicht mehr weit bringen. Was zögert ihr, kehrt um."

Da zeigt sich doch mal wieder, es kann sinn machen, etwas kenntnis und verständnis von den grenzen der eigenen natur zu haben, ehe sich vom ruf des großen *über-ichs* unerfüllbare versprechen vorgaukeln zu lassen.
Unaufhaltsam schwand den beiden irrlichternden irrwischen ihre naturgemäß sowieso schon schwache formlose gestalt, ihre stimmen wurden leise und leiser, ein schließlich versiegendes gewisper ...
Das zweite irrlicht, "noch haben wir zeit umzukehren."
"Nein, und nochmal nein, kommt nicht in frage."
"Habe ich denn gefragt?"
"Wollte das nur klarstellen."
"Was denn?"
"Du fragst also doch."
"Ja, danach, was für dich nicht in frage käme."
"Ganz einfach, nicht darüber nachzudenken."
"Und worüber?"
"Deine frage."
"Kannst du sie wiederholen, mir zuliebe?"
"Also, weißt du, für ein vorbildliches irrlicht fehlt dir die leichtigkeit ....."

beware the moonflowers
frühstücksgespräche

Früher morgen, Argo zog am fenster die schweren vorhänge beiseite, das tageslicht verscheuchte die letzten nachklänge unstimmiger traumbilder. Zur erholung gleich noch etwas waldluft schnuppern, eine kleine wanderung, und das war's dann wohl, dachte er.
"Aber auf das frühstück solltest du nicht verzichten", womit der Dschinn sich ihm in erinnerung brachte.
"Und was hast du dem ganzen sonst beizutragen, etwas erhellendes?"
"Das musst du selber klären."
"Und das portrait, der verweis auf einen Peekaboo, vielleicht mit dem uns bekannten verwandt?"
"Kein häufiger name, aber wie soll ich's wissen?"
Sinnlos diesen dialog weiterzuführen, Argo entschied sich den frühstücksraum aufzusuchen.

Der letzte nacht in zwielichtigem halbdunkel gelegene raum hinter dem foyer, schien diesen morgen wie ausgewechselt, lichte fenster, fürs frühstück eingedeckte tische an denen etliche mitglieder der *klösterlichen gemeinschaft* schon in erregte debatten verwickelt beieinander saßen, doch bei Argos eintreten deutlich leiser wurden. Er entdeckte einen kleinen noch freien tisch mit vorbereitetem einzelgedeck.

Eine alte frau, schwerhörig, offensichtlich für seine wünsche zuständig, war schon darauf vorbereitet, ihm eine kanne frischen kaffees vorzusetzen.
"Könnte ich statt dessen einen tee bekommen, und dann möchte ich bei gelegenheit alsbald Mr. Icebat sprechen."
"Ich bringe ihnen schwarzen tee, wie's ihnen beliebt", und wollte sogleich das milchkännchen mitnehmen.
"Nein, das lassen sie bitte hier. Aber was den zucker betrifft, den dürfen sie gerne abräumen."

Ein narbengesichtiger, welchem Dick Tracy film auch immer entsprungen, kam an Argos tisch, setzte sich auf den freien stuhl gegenüber, in seinen klösterlichen kreisen wohl üblich, ohne weitere umschweife oder sich gar vorzustellen, "sie sind ein bekannter von Mr. Norman?"
"Ihre erste frage dürfte dem gelten, ob es mir denn recht sei, sich zu mir an den tisch zu setzen."
"Wenn sie ein freund von Norman sind, ihn also kennen, was halten sie von dessen seltsam selbstloser schwäche für leute die untertauchen wollen?"
"Eine karitative, sehr fürsorgliche ader."
"Ließe sich so darstellen, doch nutzt er unsere lage aus."
"Wo klemmt's denn?"
"Will nicht wissen was sie auf dem kerbholz haben, sie ins exil treibt. Doch unerlässlich, rein zum überleben, müssen hier die fronten klar gezogen bleiben."
"Gegen eine einzige person?"
"Sie wissen wohl doch nicht was hier gespielt wird. Heute morgen vermissen wir Carmen, die rothaarige braut, hatte gestern abend ein heißes augen auf ihre anwesenheit."
"Schade, die hätte ich jetzt lieber an meinem tisch. Lassen wir sie doch ausschlafen, bin ja selbst auch erst spät aus den federn gekommen."
"Ihre erste nacht, und stand nicht das fenster offen?"
"Schlafe nicht gerne bei zugluft. Soll auch meine erste und letzte nacht bleiben."
Die alte brachte den tee, "ganz nach ihrem wunsch."
"Nehmen sie das teeglas nur wieder mit. Wenn sie tassen nur dem kaffee vorbehalten, dann bitte herzlich gerne, ein kännchen kaffee."
"Und zucker?"
"Den lassen sie bleiben, nur die milch bitte dalassen", er blickte wieder zum Narbengesicht, "wenn's ihnen hier nicht passt, sind doch frei zu gehen."
"Wollen sie sich nicht zu uns an den größeren tisch setzen?"
"Erst einmal beabsichtige ich bei Mr. Norman Icebat meine rechnung zu begleichen, dann adieu dem gastlichen haus."

"Abreise? Alles der reihe nach. Also, unser herbergsvater ist heute morgen auf dem mondblumenacker. Hinter den bungalows nehmen sie den zum waldrand ansteigenden weg, dort oben finden sie ihn mit seiner blumenbeetpflege beschäftigt, seine finstere leidenschaft. Gebe ihnen sogar einen auftrag mit, von uns allen hier, sagen sie ihm, wegen Carmen sei er uns eine erklärung schuldig."

Damit war für Argo alles und nichts gesagt, hatte jedenfalls nicht die geringste neigung, die anderen kumpanen des einäugigen näher kennenzulernen.

Er wartete auch nicht mehr auf das kaffeekännchen, gab sicherlich wieder irgendeinen haken, womöglich statt tasse einen strohhalm. Die varianten der boshaftigkeit sind schier unerschöpflich.

auf dem mondblumenacker

Über einen gewundenen, von dichten schlehdorn hecken, gelegentlich von wildkirschen gesäumten weg hinauf zum waldrand, näherte sich Argo schließlich dem ort, der wohl der mondblumenacker sein dürfte, eine anlage gleichmäßig bepflanzter beete mit hohem bewuchs, kaum überschaubar, erinnerte ihn an ein verwildertes gräberfeld, eingefasst von einem rechtwinkligen raster schmaler wege. Die stauden trugen zahllose große, makellos weiße, aber geschlossene blüten. Der duft war betäubend, oder war's eine botschaft der verwesung? Argo lauschte in die stille und rief laut nach Norman, "Mister Icebat?"
"Hier hinten in der letzten reihe."
Norman hatte ein neues beet angelegt, noch unbepflanzt, lockere erde, wie über ein frisches grab gehäuft.
"Sie sehen, die faszinierende welt meiner *somnia alba,* kommen sie doch näher, ihr intensiver duft kann die seele trunken machen."
"Die blumenkelche sind eingedreht, schon verblüht?"
"Nicht doch, sie ruhen sich nur aus, sind geschöpfe der dunkelheit, der nacht, meine geliebten mondblumen. Dem

botaniker der familie der windengewächse zugehörig, als sogenannte nachtschattige."
"Ein entspanntes hobby. Warum ich hier hinauf gekommen bin, zum einen mein dank für die gewährte unterkunft und möchte vor der abreise meine schuld begleichen."
"Und zum anderen?"
"Ist von delikaterer art, sie sehen mich verlegen, weiß nicht was davon zu halten ist, ihre klösterlichen glaubensbrüder vermissen seit heute morgen eine freundin, die rothaarige Carmen, und danach zu fragen, hat ein, sich mir nicht näher vorgestellter narbengesichtiger aufgetragen. Er und seine leute erwarten von ihnen eine erklärung."
"So so, die erwarten das? Nicht so voreilig mein freund. Sie hatten also heute früh schon gelegenheit, sich mit einigen dieser ehrenwerten gesellschaft anzufreunden."
"Nicht dass ich wert darauf legte."
"Besser so, dann braucht's auch keine antwort. Sollte jene Carmen sich abgesetzt haben, die unten werden's schnell überwinden. Pack schlägt sich, pack verträgt sich."
"Als regel gemeinschaftlichen lebens wäre das ein etwas anarchistischer ansatz, exaltiert und ohne maß, so wie der bittersüße duft ihrer blumen."
"Mit worten ein ganz vorwitziger, sollten sich klar werden, auf welcher seite sie stehen."
"Habe ich schon mal gehört, die seiten sind mir nicht ganz klar."
"Ja, streiten wir uns nicht, das verstört meine lieblinge, sind nur beruhigende stimmen gewöhnt."
"Sie schlafen doch, wenn ich's recht verstehe?"
"Ruhen sich vom nachtleben aus, sie tagträumen nur, sehen sie doch, wie alle blüten uns zugewandt sind, als horchten sie, lauschten unserem gespräch, auch im schlaf."
"Und sie sprechen mit ihnen?"
"Allerdings, und weiß was sie gerne hören."
"Die liebe zu blumen ist eine unschuldige und ungetrübte."
Norman wurde versöhnlicher, "sie geben mir absolution, das tut wohl. Meine mama hatte auch viel verständnis für meine leidenschaften."

"Und was hören die blumen am liebsten?"
"Mir scheint's, sobald ich ihnen gedichte vorlese wirken sie unglaublich beseligt."
"Herr Norman Icebat's poetische gärtnerei, wenn ich das so sagen darf, sehr anregend, muss gestehen, ich schreibe selbst heimlich gedichte."
"Sehen gar nicht nach einem dichter aus, hielt sie für einen verkrachten beutelschneider dem in der stadt der boden zu heiß geworden ist. Sie sehen, meine große schwäche für die mühselig beladenen."
"Wüsste angenehmere orte zum untertauchen, blaues meer und coconut strandbar."
"Nichts wiegt leichter als unerfüllte versprechen."
"Denn mein joch ist sanft, und meine last ist leicht. Fällt mir nicht leicht solchen einsichten zu folgen."
"Die leichtigkeit der unschuldigen freude, in gewisser weise meiner mission zutreffend, und im besonderen der letzte versöhnliche augenblick in gelöster verzückung."

Argo spürte, dieser dialog führte in abgründe, wo jeder witz verstummen musste, hielt dem fragenden blick von Norman stand und schwieg.
Der schien ebenfalls zurückzurudern, "der planet *Rho* ist ein zwerg unter einer vielzahl groß genannter, mein refugium in einer unbedeutenden welt ohne zukunft."
"Die poesie ist überall zu hause, wherever I lay my hat ...", doch Argo wurde sogleich grob unterbrochen.
"Oh nein, hören sei auf, wie banal, verschonen sie uns. Meine geliebten *sommnia alba*, sie sind doch so wählerisch."
"Was tragen sie ihnen denn an höherem vor?"
Mr. Icebat wurde leicht verlegen, "na ja, ich besitze kaum bücher. Anfangs habe ich ihnen aus einem buch von Maeterlinck vorgelesen, bis ich merkte, sie hören gar nicht mehr zu, wissen sowieso alles besser."
"Und die gedichte?"
"Horoskope aus den tageszeitung, aber die schönen verse der todesanzeigen rühren sie am stärksten. Ein einziges mal der versuch eines sprachrythmischen singsangs, seiten aus

dem telefonbuch vorgetragen. Das ging daneben."
"Welcher Poet wünscht sich nicht eine so geduldige aber auch kritische zuhörerschaft. Dann dürfte eigentlich nichts schief gehen, es selbst mal mit einigen geflügelten versen meiner feder zu versuchen."
Argo ließ diesmal einem einwand keinen raum. Mit einem auf die nächststehenden mondblumenstauden gerichteten blick, hob er an:

"zu jung, das leben zu verschlafen
entsteigt der kiesel seinem flussbett
wälzt sich lustvoll durchs tiefe gras
die sonne wärmt ihm seinen mut
-au- nicht so stürmisch
ruft der weisse champignon
du grobian willst du mich niederwälzen?
Entschuldigen sie madame
vor lauter liebe bin ich blind"

Argo unterbrach sich, zögerte, der hotelier guckte ihn schief an, sprach- und fassungslos, na dann, dachte er, wer wagt gewinnt, jetzt besser weniger durch die blume. Diese mondpflanzen sind nun mal keine champignons. Also dann, mit dem beherzten mut des minnesängers lieblichere verse fassen:

"blüten so weiss
süchtiges sehnen
auf nächtlichen schwingen
dem mond entgegen
senken sich sanft
auf des liebenden anlitz"

Mit halb geschlossenen augen deklamierend, anfangs kaum registrierend, was da nun um ihn vor sich ging, ringsum, einige der großen weißen blüten öffneten sich, lösten sich von ihren stengeln, begannen wie falter in der luft zu tanzen. Ein traumhaft wundervoller anblick, aber eine entsetzte stimme rief den poeten zurück in die wirklichkeit. Mr. Norman Icebat war in wilde panik geraten, "aber, aber

neeiiin, das darf nicht sein. Mein lieblinge sind doch nur nachts auf beute aus, was ist mit euch, meine lieblinge?"
Eine aufregung die Argo nicht teilen mochte, immer noch fasziniert von dieser floralen metamorphose, hatte für rein nichts anders augen, während doch der besitzer dieses blumenackers begann, mit den armen wild in der luft herum rudernd, mit verzweifelten rufen versuchte diese flatternden blüten abzuwehren.
Als in Argos wahrnehmung der ernst dieses geschehens sickerte, hatte sich schon eine der blüten über Icebat's nase gestülpt, sich in ganzer breite auf des gärtners gesicht niedergelassen, dieser auf den boden sinkend nun langsam verstummte, während das anfängliche entsetzen in seinen augen vom blick eines glückseligen abgelöst wurde.
Doch kein zweifel, diese entzückung begleitete die agonie des todes, die Norman Icebat, nun stumm der länge am zu boden hingestreckt, aus dieser welt verabschiedete.
Es wurde still. Aus dem nahen wald vogelstimmen.
Die friedfertige stimmung besänftige auch den aufruhr der *somnia alba.* Einige blütenfalter setzten sich wieder auf ihre angestammten stauden, erholten sich vom allgemeinen aufruhr, die meisten gaukelten noch unentschlossen durch die lüfte, aber Argo blieb gänzlich unbehelligt.
Fassungslos kniete er neben dem bewegungslos liegenden blumenzüchter, kein atem, kein puls, nur der betäubende blütenduft durchwebte die luft mit einer nuance dieses verwesungsgeruchs.
Gewiss eine überdosis, verpasst von einem so ansehnlichen *face-hugger,* hatte dem blumenfreund Norman Icebat Junior das tor seines elysiums weit geöffnet, unumkehrbar hinter ihm wieder geschlossen.
Zweifellos, die beete dieses mondblumenackers waren gräber, und ereignet hat sich das ganze an einem frischen grab, vielleicht das der Carmen? Gewisslich braucht auch kein grabschmuck gepflanzt zu werden, die blumen brechen aus der tiefe des grabes ans licht.

    legen wir eine pause ein, bald geht sie sache weiter

einmal flut bitte

"Zu hilfe!", ruft die Quabbelqualle in bedrängnis, "sitze auf dem trockenen, nun helfe mir doch jemand!" Sie liebte es sich mit der flut ins flache tragen zu lassen, doch nun hat sie die ebbe verpasst.
Einer hört's, der Klumpatsch, meister der verwandlung, der sich als plattfußbeiniger kopffüßler gemächlich am strand ergeht, seine beine einzieht und als mondgesichtige kugel vorsichtig auf die hilferufende zurollt.
"Mein retter", ruft die Quabbelqualle erleichtert.
"Schätze, ein klarer fall von entzugserscheinung, mangel an flüssigkeit, bitte ganz ruhig bleiben", rät der Klumpatsch, "kann ja nur besser werden."
"Ich verdunste!"
"Sie nehmen ab."
"Oh, wie wundervoll", hinzu gekommen, eine Elluasanskuh mit verführerisch kullernden augen, "meine ungestillte sehnsucht, endlich mal einmal einem echten Klumpatsch zu begegnen, wie entzückend."
"Das vergnügen ist ganz meinerseits, küss die tentakel verehrte."
"Unternehmt doch was!", ruft die Quabbelqualle in hilfloser empörung dazwischen, "lasst ab von eurem trummeln, mir ist todsterbensernst."
"Ooohh, eine Quabbelqualle auf landgang, bewundere ihren mut", die Elluasanskuh beiläufig, kurz ihren verliebten blick vom Klumpatsch abzuwendend, "was für ein tag."
"Wie soll ich's bis zu nächsten flut schaffen? Ich flehe euch an", blubbert die Quabbelqualle mit schwacher stimme.
"Von sauertöpfischen mimosenquabbelquallen hält die flut sich fern, so ist das nun mal", bemerkt die Elluasanskuh mit gleichgültigen seitenblick.
"Madame Quabbelqualle, machen sie es so wie ich", rät der Klumpatsch. Immer noch als mondgesicht hebt er sich auf einen bein in die höhe, um sich blickend ruft er, "wo bleibt

denn die bedienung, einmal volle flut für alle."
"Oh, wie wundervoll, wie elegant sie die situation meistern", die Elluasanskuh ist voll begeistert und zur Quabbelqualle, "meine gute, ist er nicht herzallerliebst?"
Zuuuhuuu hilfeee", der Quabbelqualle ermattet die stimme.

"Wer hat mich bestellt?" So vermeldet eine sich nähernde Riesenquappe, schwer hinter sich her ziehend, eine gefüllte badewanne auf rädern.
Der Klumpatsch, "ja, meine wertigkeit, und bitte auf meine rechnung. Dann mal los, ein schwappendes hochzeitsbad mit dir, wohlbeleibte Elluasanskuh", und zieht den stöpsel der wanne. Ein wasserstrom ergießt sich dem meere zu.
Die Elluasanskuh lässt sich nicht zweimal bitten, springt in die flut, der Klumpatsch jauchzend hinterdrein und ganz nebenbei auch der Quabbelqualle erlösung aus tiefster not.

Die Riesenquappe schüttelt ihren kopf, "wie stillos, keine badekultur", stöpselt die badewanne wieder zu und legt sich enttäuscht hinein. Nur die riesigen ohrenlappen ragten wie flügel über den rand. Frischer wind bläht sie sogleich auf, und als hätte die badewanne segel gesetzt, rollt sie langsam den strand hinunter ins meer, ein gemächlich schaukelndes boot, das seinen kapitän nun in den schlaf wiegt.

Die Elluasanskuh und ihr Klumpatsch, beide erschöpft vom trummeln, zum strand zurückrudernd, ganz in der nähe der segelnden wanne, beginnen sie diese zu entern.
Die Riesenquappe, im nu hellwach, springt erschrocken auf, "vorsicht, ihr maßlosen, bringt uns noch zum kentern."
Das mit leichter dünung wogende meer, zum glück ohne sich brechende wellengänge, verhindert schlimmeres, auch die emotionen der seefahrer beruhigend, denen es nicht entgeht, wie um sie herum, blubbernde, tönende blasen an die oberfläche aufsteigen, vereint zu einer hymnischen ode, zu dem nur noch himmelsorgel und posaunen fehlten.

Die drei blicken vom rand der wanne fasziniert in die tiefe, gebannt von dem betörenden sirenengesang, um die wanne herum ein reigen unzähliger quabbelquallen.

Ob's ein dankeschön für die wundersame rettung ist?

wir schwabbeln
durch die wellen
der medusen schleiertanz
wir quabbeln
meeres aquarellen
in ephemeren farbenglanz

Die Riesenquappe hat derweil reichlich zu tun, gibt sich alle mühe zu verhindern, dass sein gefährt nicht kentert, mit seinen großen ohrlappen ein wirklich segelfachmännisches kunststück. Obendrein frischt der wind stetig weiter auf, deutlicher vorbote eines sich anschickenden gewitters. So versucht die Riesenquappe ihre wanne sicher aus dem bannkreis des hypnotischen gesangs des quabbelquallen schwarms zu manövrieren, schafft es schließlich zurück an den rettenden strand.
"Alle aussteigen bitte, die vorstellung ist beendet."

Der Klumpatsch und die Elluasanskuh haben sich wieder hoffnungslos ineinander verknotet. Der Riesenquappe bleibt nichts anderes übrig, seine wanne umzukippen, was das hochzeitende paar nicht einmal merkt, längst auf wolke sieben entrückt, während es aus der tief hängenden wolkendecke in strömen zu regnen beginnt.
"Nun, bestens, so bekomme ich wieder eine volle wanne, eine bessere kundschaft findet sich allemal."
So sagt sich die Riesenquappe, legt sich wie gewohnt ins geschirr und ihr gefährt langsam hinter sich her ziehend, watscht sie durch den platschenden und quatschenden regen wobei die schlaff herunter hängenden ohren durch den sand schleifen.

Eine andere qualität des gequatsches erreicht ihn, eine stimme veranlasst ihn anzuhalten. Von der seite tauchte ein massiver taschenkrebs auf, stellt sich ihm recht dreist in den weg, "gestatten Ace-in-the-Hole, strand auf, strand ab bekannt, was halten sie denn vom wetter?"
"Sie sehen's doch, sammele flut, was denken sie denn? Bin

die Riesenquappe und, dies ist mein geschäft."
"Jeder tut sein bestes, aber ..."
"Sie sagen es. Ich handle mit flut."
"Aber aber, wenn man sich nicht einmal mehr über's wetter redend näher kommen kann, da sag ich mir, mann, das ist kein guter anfang."
"Gewiss, entschuldigen sie, herr Mann."
"Bitte, Ace-in-the-Hole, hatte ich mich nicht vorgestellt?"

Als nächstes zaubert der taschenkrebs ein deck spielkarten hervor, beginnt, wie ein jongleur, diese zwischen seinen beiden scheren, vor augen seines verblüfften gegenübers, auseinander- und zusammenzuziehen, als spielte er eine zieharmonika.
"Beeindruckend", gesteht die Riesenquappe, "sind bestimmt als spieler mit allen wassern gewaschen. Wie sie sagten jeder tut sein bestes, doch sie sehen, mein geschäft ist ein anderes."
"Richtig erkannt, wir sollten von einander lernen, schlage also für den anfang eine runde mau-mau vor, versteht jedes kind."
"Bin bestimmt kein geeigneter gegner, und erst recht kein kind, das verbiete ich mir. Kartenspielregeln konnte ich noch nie so recht begreifen."
"So leicht ziehen sie sich nicht aus der affaire. Ich habe sie herausgefordert. So ist das im spiel."

Mittlerweile, der Klumpatsch und die Elluasanskuh hatten voneinander abgelassen, doch letztere hatte aufgeschlossen und betritt nun wieder die szene. Wohl nur der erzähler hält das folgende drama noch für kausal folgerichtig.

Die Elluasanskuh, ruft leidenschaftlich, "da bin ich wieder, du mein verehrter partnervermittler."
Noch ganz außer atem, glücklich den anschluss geschafft zu haben, stampft sie auf die verblüffte Reisenquappe zu.
"Hoppla, aufgepasst ich bin auch noch hier", so gedenkt der taschenkrebs den ereignishorizont wieder an sich zu reißen, kommt zu seinem unglück nicht mehr dazu. Die unaufmerksame trampelige Elluasanskuh, nur augen für

ihren neuen freier habend, stampft den falschspieler unter ihren platten watschen, gleicherweise platt in den sand.
Wie er nun so da liegt, zweidimensionaler als eine flunder, scheint es, Ace-in-the-Hole wurde damit aus der geschichte verabschiedet. Ob dessen seele eine reinkarnation erfährt, immerhin im reich des möglichen.
Das brot des autors verlangt zugeständnisse, also sage er niemals nie. Ace-in-the-Hole hätte schon ein paar weitere auftritte verdient. Dazu eine leserumfrage zu starten wäre wohl schwierig, schreibt der autor doch ins baue hinein, und dort leser anzutreffen dürfte gegen null tendieren.
Also zurück zu dem was sich abschließend für dieses kapitel noch ereignet.

Die dralle Elluasanskuh lässt sich in ihrem liebeswahn vom fluthändler bereitwillig einschirren, zieht nun die vom regen wieder gefüllte badewanne brav hinter sich her. So zockeln die den strand entlang.
Die Riesenquappe, immer noch am geschehenen zweifelnd, "was ist denn dem Klumpatsch zugestoßen?"
"Wie feinfühlig sie sich ausdrücken, habe ihn vermatscht, reinste matsche."
"Woran nun auch, wie's scheint, dieser arme taschenkrebs glauben musste."
"Wovon spricht mein gebieter?"
Der fluthändler blickt zurück, wollte auf die stelle zeigen wo der geplättete Ace-in-th-Hole liegen sollte. Nichts mehr zu erkennen, haben die züngelnden wellen alle spuren vom sand abgelutscht, wo ist er denn dann?
Und gar nicht daran zu denken, die Elluasanskuh könnte auch den Klumpatsch vermatscht haben, so blitzschnell wie der sich jeden moment in beliebige gestalten verwandeln kann.
"Will mal hoffen", so denkt die Riesenquappe im stillen, "das mit dem taschenkrebs mag ich geträumt haben, doch eine Elluasanskuh träumt man nicht, ihre gewichtige gestalt ist überzeugend real und sieht dieser nun zu, wie sie mit der ihr eigenen anmut die flutwanne zieht.

beware the moonflowers
wie es so kommen kann

"Meister, was zögerst du?" Ein beschwörender unterton des Dschinn, "lass ab, überlass diesen herrn Norman dem kreis seiner lieben, sie halten totenwache. Möchte auch abraten ins motel zurückzukehren."
"Jemand muss die polizei benachrichtigen, hab in der lobby ein telefon gesehen."
Doch außer frage, es galt sich schleunigst vom blumenacker zu machen. Angesichts vieler weiterhin in aufruhr hin und her flatternder weißer blüten, schien es eher reines glück, bisher verschont geblieben zu sein. Argo hastete den weg bergab, wurde erst in sichtweite des motels wieder etwas gefasster und gelassener.
Kaum den fuß in die lobby gesetzt, aus dem angrenzenden refektorium, sichtlichem tagungsort der exilanten, flutete nun die gesamte fraktion heran. Argo wurde unentrinnbar in beschlag genommen. Das Narbengesicht vorweg, "also vom ausflug zurückgekehrt, dann lassen wir mal hören."
"Erst noch ein anderes, wo finde ich den guten geist des hauses, diese alte dame, zuvorkommenheit in person?"
"Sie müssen mit uns vorlieb nehmen", ein bullenbeißer mit schiefer boxernase drängte sich vor.
Das Narbengesicht ließ sich das heft nicht aus der hand nehmen, barsch, "lass mich nur machen", und an Argo gewandt, "was konnten sie über Carmen erfahren?"
"In hausinterne angelegenheiten mische ich mich nicht ein. Sie alle wissen doch bestens bescheid, unglaublich, fällt mir schwer, auf all das einen reim zu finden."
"Dann reimen sie mal, haben doch unseren herbergsvater dort oben angetroffen und mit ihm gesprochen?"
Noch hatte das Narbengesicht die truppe im griff, doch nicht nur die Augenklappe wirkte unzufrieden, nun drängelte sich eine scharfe, üppige matrone nach vorne, ihrer kolossal magnetischen wirkung wohl bewusst, mokant, "diese freier

kenne ich zur genüge, immer straight und korrekt, bis in die haarspitze, wollen nichts schuldig bleiben. Die kost für den gastlichen aufenthalt können wir genauso gut kassieren."
Nun baute sich die Boxernase drohend vor Argo auf, "als mein kollege am morgen mit ihnen sprach, die alternative war ihnen doch klar, unsere oder die andere seite."
"Auf welcher seite steht das recht?"
Ein dröhnendes gelächter schlug Argo um die ohren. Die wohlgerundete Matrone hatte wohl einiges zu vermelden, bohrte der Boxernase beiläufig einen stöckelabsatz in den schuh, doch dessen ungeachtet, an Argo, "mein bester, wir sind hier eine ehrenwerte gesellschaft mit klaren regeln."
"ich sehe", erwiderte Argo mit kurzem blick auf den fuß der Boxernase, die den schmerz kaum verbergen konnte.
Neben der Matrone, weit mehr als einen kopf kleiner, ein knochenkantig sehniger mann, mit buchhalterkappe und ärmelschonern, ein vertrocknetes pokerface, "es gibt keine dritte partei die hier eingreifen könnte. Gerüchte sind unser bester schutz vor der außenwelt. Haben sicher schon davon gehört, all die schaurigen gespenster die im Trutzwald ihr unwesen treiben und die gegend unsicher machen."
"Um das abzukürzen", das Narbengesicht übernahm wieder die führung, "deshalb wird auch niemandem die gelegenheit gegeben, etwas nach außen zu tragen. Keine polizei, das dürften sie verstanden haben."
"Unmissverständlich."
"Niemand soll behaupten, wir urteilten nicht fair. Bleibt aber der verdacht, wenn schon kein freund von Norman, was hat sie hergetrieben, oder hat sie jemand geschickt?"
Die Matrone schien sich sicher, "ein bulle ist er nicht, so was rieche ich."
"Lassen wir ihn selber reden", riefen mehrere gleichzeitig. Das Narbengesicht gebot zu schweigen, "er soll reden."
"Die galante dame hatte recht, regeln sind zu respektieren, dazu gehört auch der schutz persönlicher bedürfnisse. Muss mich auf meinem zimmer wenigstens kurz erfrischen, auch meine zahnbürste konsultieren, den schlechten geschmack loszuwerden, dann geht's viel leichter von der zunge."

Ungehindert beschritt er den gang richtung motelzimmer. Die entschlusskraft der banditen schien im exil sehr gelitten haben, hielten einander maulaffen feil und blickten irritiert dem fremden nach. Die Boxernase wollte hinterher, das Narbengesicht und die Augenklappe hielten ihn zurück, "der kann uns sowieso nicht entwischen."

Im zimmer steckte Argo das geld für die übernachtung ins zahnputzglas. Zurück in die lobby, zur verblüffung aller, die einen fluchtversuch erwarteten. So fand man schnell wieder zum geschäftsgang zurück. Das Narbengesicht, "wir hören, ihr reim auf den verbleib unserer Carmen."

"Norman Icebat wird keine gräber mehr schaufeln, braucht nun selber eines. Denken sie jetzt besser an ihre eigene gesundheit."

Raunendes getuschel, Argo ergriff die initiative, "sie haben richtig verstanden, die wahl der seiten war einmal. Schlage vor draußen frische luft zu schnappen, die karten sind neu gemischt, ein klarer kopf dürfte uns allen ganz gut tun."

Das Buchhalterpokerface scherzhaft, "der glaubt wohl ein taxi käme vorbei." Gelächter und gefeixe.

Die Augenklappe, "ruhe, das mit Icebat erfindet keiner eben mal so, nehm' ihm ab. Ist allerdings ein ding, sollten das schnell überprüfen. Gehen wir raus, hier wird's zu eng, und sie bleiben bei mir", befahl sie Argo.

Allgemeine zustimmung, alles drängte nach draußen. Der ortswechsel ließ dem geforderten ernst zu wünschen übrig, beflügelte einen plötzlichen übermut. Dann ein zwischenruf, "und was hat eine sitzbank auf dem parkplatz zu suchen?"

Argo, "jedem zimmer steht ein stellplatz zu, oder nicht?"

Die Boxernase, geneigt etwas rambazamba loszutreten, nachhakend, "aber kein platz für solchen sperrmüll, hier herrscht ordnung."

Die ausgelassene stimmung verdrängte das geschehene aus dem blick. Endlich etwas spaß. Die Boxernase schmiss sich mit vollem gewicht auf die bank, doch kaum versehen, hatte diese ihn abgeworfen, ein glückloser rodeostar, das gefeixe und der spott waren groß. Als nächstes wurde das Narbengesicht abgeworfen, die Augenklappe war bemüht

dem gestürzten wieder auf die beine zu helfen.
Argo trat hinzu, "alles muss gelernt sein. Lassen sie mich mal machen, benötige auch keinen beistand."
Vor der bank stehend, klopfte auf's holz, "ja dann wollen wir mal", und setze sich. Im nu hob sich die bank mit ihm hoch in die luft. Rundum ungläubig erstarrte gesichter, der fremde schwebte nun unerreichbar über der versammlung.
Die ersten fanden die fassung zurück.
"Holt eure artillerie", rief der Augenbeklappte.
Eine schwarzhaarige sirene, voller begeisterung, "endlich mal was zu tun, den putzen wir munter runter."
Etliche folgten ihr in sichtlich gleicher absicht.

Argo entdeckte aus seiner hohen warte etwas anderes. Vom mondblumenacker schwebte jetzt ein heer blüten heran, unter ihm hinweg, unbeirrbar, geräuschlos und angesichts dieser großen auswahl zielstrebig in der verfolgung einmal gewählter opfer. Der betäubende duft war lähmend, schnell und ohne nennenswerte gegenwehr ließen die blüten sich auf glücklichen gesichtern in aller friedensruhe nieder.

Sie waren überall, drangen auch in das motel ein.
Nur die schwarzhaarige sirene schaffte es mit ihrer artillerie noch nach draußen, ein schuß löste sich, eher aus versehen. Unversehens überwältigt, in glücksgefühligem wiegeschlaf des todes unter der unschuldsweissen *face-hugger* blüte zu boden sinkend.
So wurde ihr das doch wenigstens ein tröstlicher abschluss eines wahrscheinlich von rastlosigkeit getriebenen lebens.
Mag das sterben manchmal eine beistehende seite haben, doch das leben, gleich wie miserabel und nachteilig es sich gestaltet, es bleibt das einzige das jeder hat, unmöglich es gegen ein anderes einzutauschen. Bleibt nur, versuchen im guten damit klar zu kommen, trotz der selbstgerecht sich anmaßenden redlichkeit und tm   mmmmm m mm   ugendhaftigkeit einer besser gestellten mitwelt und ihrer behauptung gleicher chancen aller.
Ob götter würfeln oder nicht, eine müßige frage, die natur tut es. Deshalb heißt es auch, kein sollen aus dem sein.

aus dem alltag eines buchverlegers

low budget – high spirits I

"Gut dass du gekommen bist, mein freund, jetzt haben wir die bescherung, zugegeben, diesmal war es meine schuld", so empfing Kleiner Tellerrand den soeben erst eingetretenen autor, als wüsste dieser wovon überhaupt die rede war, ihn statt dessen nur erstaunt und sprachlos anblickte.
"Du hast recht", ergänzte der Brunnenfrosch, "deinen anteil an dem mir bereiteten ungemach, ist dir wie immer nicht bewusst." Der autor trat vor das breite panoramafenster, "die wolken hängen mal wieder ziemlich tief."
Doch hinter seinem rücken tönte ein lautes, "ich spaße nicht", also rettete er sich auf den nächsten freien sessel, "dann wäre ein drink wohl nicht verkehrt?"
Als wär's das stichwort für Effie Perinée, die das mitgehört haben mochte, unaufgefordert einen teewagen hereinschob, bestückt mit allem dienlichen die situation zu erhellen. Sie zwinkerte dem autor zu und zog sich an ihren schreibtisch ins vorzimmer zurück.
Dem autor war's mit einem brandy in der hand schon viel erträglicher, nun mochte kommen was wolle, "also, was immer du für mich zur bescherung in petto hast, ein guter tag fängt morgens an."
"Nimm die blumen aus dem mund, hast leicht reden, hast kein finanzamt, keine gewerkschaft, keinen gläubiger und erst recht keine empörten leser am hals, die kennen doch alle nur die verlagsanschrift."
"Und was ist mit guten nachrichten?"
"An denen müssen wir dringend arbeiten."
"Zum beispiel grünes licht für neuigkeiten aus dem *grinder universum?* Das wär doch schon mal was."
"Willkommen in den niederungen des alltags. Ein nächster zeitgeistiger *rautenkreuzzug* steht ins haus."
"Immer noch die quälgeister von *#matter over mind*? Mit den drei ausgelosten empfängern der freiexemplare hab ich immerhin neue leser gewonnen."
"*Ich empöre mich, also bin ich.* Sogar geschenkt, sie lesen

sie nicht, planten statt dessen die gewonnenen exemplare öffentlich hinzurichten. Der himmel hatte einsehen, mit einem regenguss vertrieb er die versammelten vom ort der exekutation, durchnässte bücher zurücklassend, und auch ihre pappplakate wurden vom segen des regens jeglicher weiteren ideologischen verwendung unbrauchbar gemacht."
"Identitäre gekränktheit kreist nun mal um sich selbst, das alte ptolemäische weltbild."
"Klingt, als zitierst du aus deinen manuskripten. Wir haben hier mit einer verflixt realen alltagswelt zu tun, im licht ihrer medialen öffentlichkeit und lautstark *woken* rechthabern."
"Gegenteil des enlightment. Wanted: der unbekannte autor. Verschulden: Die fahne des zeitgeistigennmißachtet. Ergo: Ihm fehlt der moralische kompass für die richtige seite der geschichte. Doch er steht auf der seite derer, die von dieser geschichte verschlungen werden. Der alltagswelt aller, den respekt der privatheit verteidigenden, die letzte bastion, daran der irrlichternde zeitgeist sein ephemeres dasein beschließen wird."
Verleger, "kommen wir zum aktuellen ungemach. Eine neue fahne im wind der kreuzzüge nennt sich *#animalwelfare*. Hörst du nun die möwe trapsen?"
"Nachtigall mein freund, die nachtigall trapst."
"Ich meine es ernst. Bildete mir ein, es wäre eine gute idee gewesen, dir Mary Breeze zur auffrischung dramaturgischer vielfalt zu empfehlen, schlussendlich trifft mich die schuld."
"Mir zu hoch."
"Was mich dabei wurmt, du hast zugelassen dass sie zum alkoholkonsum animiert wurde."
"Das war ihr eigener einfall. Der ausschank von geistigen getränken ist im *Divin' Duck* nur an jugendliche untersagt."
"Richtig und habe mit ihr gesprochen. Sie kann mit recht darauf verweisen, dass sie erwachsen ist, hat sogar schon fünfmal gebrütet, beachtlich."
"Na also, ein zeichen der reife. Ihr frösche seid in hinsicht der reproduktion eher maßlos zu nennen."
"Will ich überhört haben, also bleib bei der sache, hör zu, und lass das eis in deinem glas mal ruhig schmelzen."

"Leg los, bin ganz ohr.", stellte sein glas beiseite.
Der Brunnenfrosch begann wieder an seinem gedankfaden zu drösein, "für *#animalwelfare* gehört das alles als eine anti ...antro ... propo ... potenzistisch ... wie auch immer, als sicht reiner menschenperspektive auf der anklagebank. Kurz und gut, die leute fordern dass die arme möwe einen entzug macht."
Der autor musste das erst einmal für sich sortieren, "wie wollen die unserer freundin denn habhaft werden?"
"Dei leute verlangen ihr einen betreuer beiseite stellen zu dürfen, sozusagen auf diese weise den autor entmündigen."
"Ich lasse sie einfach verreisen."
"Die aktivisten wollen nägel mit köpfen machen, planen alle möwen an nahegelegenen stränden tests zu unterziehen."
"Donnerlittchen, ernsthaft? Mary Breeze soll ihre kumpels angetörnt haben?"
"Geglaubt wird alles nur denkbare, so auch das gerücht, der verlag hätte sich mit einem whiskey hersteller verschworen neue absatzmärkte zu erschließen."
"Schnapsidee, also waidmannsheil für die kreuzzügler, doch möwen fängt man nicht mit einem netz über dem busch, ein anderer haut drauf, wie's im *Yijing* dazu heißt, *der vogel kommt durch fliegen ins unheil*."
"Du schweifst ab. Die idee einer ferienreise unserer Mary Breeze scheint mir schon mal der richtige ansatz."
"Na endlich, sagte ich doch."
Du musst das allerdings konkreter fassen."
Der autor holte tief luft und schwieg.
Dem verleger ein bekanntes zeichen für dessen ringen um eine idee, also wartete er geduldig ab, begann sich wieder einmal dem *schiffe versenken* zu widmen.

Einem nennenswerten vorschlag weit entfernt, leise vor sich sinnend, begann der autor sich durch seinen gedankenteig zu beißen, "die parolen der sittenwächter, meinungen zu inflationären *memes* geronnen, sie verstellen sich so ihren eigenen horizont. Jenseits dessen, fern ihrer reichweite, die welt der fabel, das ist es, die fabel, dort dürfte unsere Mary Breeze vor deren nachstellungen sicher sein."

Kleiner Tellerrand beiläufig, fast abwesend, wie es oft seine art ist, wenn er etwas für abgehakt hält, "bestens, so sind wir uns also einig."
"Soweit sind wir noch nicht. Aber was wäre denn nun dein plan, außer ein weiteres schiff zu versenken?"
"Unsere Mary geht auf tour, für die freiheit der kunst."
"Ich hatte was anders im sinn, eine reise in das, für ihre verfolger unerreichbare reich der fabel. Was hältst du von einem besuch der Mary Breeze bei der Meeresschildkröte, Sie weiß für alles eine lösung."
"Ich kenne sie ja lange genug, hatte leider zuletzt moniert sie träfe mich kaum noch am brunnenloch an, also mach dir nichts vor, ihr eigensinn ist unberechenbar."
"Ganz ohne einfluss bin ich mit meinem schreiben nun auch nicht. Passt dir die sache mit der fabel nicht? Na gut, sagen wir, Mary Breeze fiele mal so ganz versehentlich in einen tresterbottich, anschließend, vom alkohol abstinent, statt dessen auf einem unschlagbaren dauer-high, mit allen wassern gewaschen, fit für höchste künstlerische ehren."
"Das muster ist nicht neu, fang nicht an, an allen ecken und enden zu stibitzen."
"Tue ich doch sowieso, ein staffellauf unter poeten."
"Nichts einzuwenden. Sagen wir mal, nach dem sturzbad in den bottich, mit übermöwigen kräften ausgestattet, nichts kann sie aufhalten ,Mary Breeze die windhosenbändigerin, tornadobändigerin, richtig vielversprechend für neue leser."

Der autor bereute seine vorlaute drolerie, "Du überziehst, gedankenschneider, den wechsel in das supermöwen genre werde ich als autor zu verhindern wissen."
"Sei dir nicht so sicher über dein ensemble, manche, auch deine Mary Breeze könnten sich nach einem anderen autor umsehen, wie willst du's wissen? Ich hab's schon klar vor augen, titelgebend, die *lightspeed superseagull*."

Die tür des vorzimmers öffnet sich, und vorsichtig linste Effie Perinée herein, "darf ich anmelden ... "

die sache ist noch nicht zu ende, bald geht es weiter

ehrgeiz lebt vom wind I

"Sieh an, da kommt ein vogel geflogen", erstaunt blickte der Sh'rat auf Mary Breeze, die sich auf dem stabholz des fußendes seiner hängematte niedergelassen hatte.
"Willkommen, eine nachricht im schnabel?"
"Bin keine brieftaube, komme aus eigenem anlass."
"Das hat ja dann keine eile, mach's dir bequem, ruh' dich aus und lass uns noch ein weilchen dösen."
"Gar nicht neugierig?"
"Geduld, es ist gleich mittagszeit, wu-wei."
"Aber verstehst du nicht, stimmt doch, wenn gesagt wird wes herz voll ist, dem geht der schnabel über."
"Bist wenigstens einsichtig."
"Fällt mir schwer, das mit deinem wu-wei."
"Wenn du das unbedingt hören willst, mein beifall ist dir sicher, dein gelungener auftritt im *Divin' Duck* hat sich herumgesprochen, der autor soll auch recht zufrieden sein, wäre ihm nie selber eingefallen. Gratuliere also."
"Habe aber nicht lange durchgehalten."
"Liebe Mary, du als erste trinkfeste möwe?"
"Wollte schon, ich könnte mithalten, sollte meiner nummer krönender abschluss werden, statt dessen eingeschlafen."
"War dennoch grandios, also lass gehen, hinter den kulissen sieht manches anders aus." Damit drehte sich der Shr'at zur seite und schloss wieder die augen.
"Willst du denn immer noch nicht wissen, weshalb ich hier bin?"
Sahib Wu-wei begann zu schnarchen.

"Oh, du hast besuch, wie schön", rief Frau Wang, die sich an der gartentür ihres hauses zeigte, "wie wär's mit einigen reisklößchen für euch beide?"
Der Sh'rat war im nu hellwach, "und dazu bitte zwei schalen reiswein, meine freundin ist nach langem flug ziemlich auf dem trockenen, ist eine berühmte schnapsmöwe."
Frau Wang ging wieder nach drinnen.

"Also, ich bin hier, der grund ist ..."
"Tiefe wasser, trüben wir sie nicht."
"Ist mir schnuppe, bin ja kein fisch."
"Lasst es euch wohl bekommen", Frau Wang brachte auf einem tablett ein reiches mal, stellte es ab und entfernte sich sofort wieder, hatte sie doch in ihrer garküche reichlich zahlende gäste zu bewirten.
Der Sh'rat genoss es von Frau Wang verwöhnt zu werden. Für Mary Breeze gab's eine extra schale shrimps, und als diese, zwar erst vorsichtig, dann ausgiebig am wein genippt hatte, war sie sogleich voll des lobes, "so ein wein scheint mir verträglicher als die gebrannten schnäpse, da schießt die hitze zu schnell in meinen kleinen kopf. Mit angenehm gelockerter zunge bleibt dir jetzt nur mir endlich einmal zuzuhören, was ich auf dem herzen habe."
Der Sh'rat schwieg, blickte sie erwartungsvoll an.
"Nun also, Mr. Peekaboo hatte von meiner thekennummer gehört, er möchte mich gerne in das varieté-programm des bald wieder zu eröffnenden golfhotels seines vaters auf dem planeten *Rho* aufnehmen."
Der Sh'rat schwieg, wie von ihm verlangt.
"Aber stell dir vor, jeden abend die whiskey nummer, ist das nicht doch ein recht schweres los?"
"Soll ich wirklich antworten?"
Mary hörte nicht hin, "eine künstlerkarriere verlangt opfer, das ist bekannt. Was soll ich also machen?"
"Es ertrinken mehr im glas als in allen wassern."
"Und meine frage?"
"Keine sorge, das dürfte immer noch der autor entscheiden und nicht der trilliardär."
"Zuletzt ermahnte mich der Brunnenfrosch, gegen meine künstlerkarriere würden schon tierschutzvereine klagen, sie würden das als ausbeutung anprangern. Er hat schon genug damit zu tun, sich *#matter over mind* vom leib zu halten."
"Was ist das schon wieder?"
"Weiß ich auch nicht, jedenfalls sind sie im verlag ständig auf der hut, nicht in neue fettnäpfchen zu treten."

"Habe noch nie eines gesehen, und du fliegst, kann dir also kaum passieren."
Von seiner besucherin kam nichts weiter. war's das also, fragte sich der Sh'rat, "Mary, ich wollte nur sagen, meide die niederungen, beschwingtes segeln auf frischen winden an den küsten steigt dir gewiss nicht so in den kopf, wie es der künstlertraum tut."
"Aber als künstlerin bin ich was besonderes."
"Für wen denn, und bist du überhaupt fähig autogramme zu schreiben? Mein vorschlag, wir unternehmen als nächstes einen kleinen ausflug."
Mary Breeze schwieg.
"Also, hör zu, denke du wirst dich für deinem herflug sicher am fluss orientiert haben."
"Ohne ihn wär's nicht so leicht gewesen hierher zu finden."
"Dann hast du oberhalb des dorfes diesen berg gesehen und auf einer platform, weithin sichtbar, golden glänzend, eine buddhastatue. Flieg schon mal los, wir treffen uns dann dort oben, ein wunderbarer ausblick, inspirierend."

Mary Breeze war sich sicher, ihre fragen treffen beim Sh'rat wohl niemals auf den erhofften ernst, immerhin, ein flug nach dem mittagsmal dürfte ihr gut tun.
Wieder in ihrem element, erschienen ihr manche worte des Sh'rat in einem neuen licht. Aber wie will er denn so schnell nachkommen? Wird mich natürlich warten lassen.

Der Sh' rat informierte noch kurz Frau Wang. Sie wünschte ihm und seiner freundin für ihren ausflug eine gute zeit. Dann machte auch er sich auf den weg.

Mary Breeze erreichte die bergkuppe, wohl auch vom wein beschwingt, begann um den buddha zu kreisen, fühlte sich wie von einem unerklärlichen sog getragen, ohne jede anstrengung segelte sie höher und höher, und dann passte ihre wahrnehmung, sie war weder hier noch dort, keine oben oder unten, eher überall gleichzeitig, von einem wirbel kreiselnd davongetragen.

bald geht sie sache weiter

aus dem alltag eines buchverlegers

low budget – high spirits II

wie es zuletzt hieß, die tür des vorzimmers öffnet sich, und vorsichtig linste Effie Perinée herein. "Darf ich anmelden ..."

"... der Herr Sh'rat sitzt bei mir, er wollte nicht stören, nun hat auch noch Mr. Peekaboo sein kommen angemeldet."
Kleiner Tellerrand, "nur herein mit ihm, gelegenheit wieder auf's wesentliche zurück zu finden. Liebe Effie, gesellen sie sich beide zu uns."
"Gut so", dachte der autor, hatte das gespräch sich sowieso ins abwegige verirrt, rettung zur rechten zeit. Mrs. Perinée, unerschütterliche *bürofirewall* klassischen formats, in ihrer literarischen vergangenheit bezeugt, zur legende geworden. Er selbst selbst hatte sie dem Brunnenfrosch empfohlen.

Der Sh'rat war bestens drauf, hatte auch was in petto, doch nach zwei gläschen begann er vor sich hin zu dösen. Effie, mit blick zu ihm, "kann ich verstehen, unglaublich, dass er es heute überhaupt bis hierher geschafft hat."
Der verleger, "wo ist das problem?"
"Vor unserer haustür."
"Unser eingangsportal am sonst so schönen reinlichen platz, die vögel am brunnen mit wasserfontäne, der angrenzende park, so erfreulich und entspannend, all das war einmal."
"Nicht es war einmal, dies ist kein märchen."
"Richtig, eine posse, die aktivisten der *#matter over mind*, wollten den Sh'rat nicht durchlassen, bevor er eine petition unterschrieben hätte."
"Abwerben?"
"Unterschriften sammeln, kann schon mal der einforderung von wegezoll gleichkommen."
"Vielleicht autogrammjäger? Ahnte nicht, dass der Sh'rat in diesen kreisen so prominent sein könnte."
Effie, mit vielsagend nachsichtigem blick zu ihren chef, "bei den unterschriften zählt nicht qualität, sondern quantität."

"Jetzt verstehe ich die parole *matter over mind*. Materie ist eine sache der menge. Ist meine Effie nicht ein genie?" Damit blickte er zufrieden zum autor. Der nickte nur zurück, dachte nur im stillen, beizeiten auf die sprünge kommen ist so'ne sache, als wetterfrosch käme unser Kleiner Tellerrand nie in frage.
Effie nutze die pause, wies auf den dösenden Sh'rat.
"Von einer aktivistin beharrlich bedrängt, fiel es ihm schwer sich dem zu entziehen, war verlegen sie unhöflich stehen zu lassen, also hörte er ihr brav zu. Stolz wies sie ihn auf ihr plakat die abbildung eines unbekleidet hockenden denkers, wohl von einem berühmten bildhauer inspiriert, aber über seinem kopf ein schwebender stein, als hätte der, sogar mir bekannte, Magritte diesen dahin gezaubert."
Meinst du der stein schwebt da nur? wurde unser Sh'rat gefragt.
Im bild wird er niemals fallen, erwiderte er.
Und in der wirklichkeit?
Statt zu antworten blickte der Sh'rat in die höhe. Die für einem moment aus dem konzept gebrachte aktivistin tat desgleichen, so auch die umstehenden, einige noch leicht amüsiert einen solchen trottel in den fängen zu haben. Und wieder ihr opfer bedrängend, *willst uns wohl foppen!*
Seht ihr denn nicht das seil?
Tatsächlich schlängelte sich ein seil kerzengerade in die luft, rollte sich vom boden in die höhe. Sie sahen es alle.
Kurzum, Sahib Wu-wei griff das seil, begann tatsächlich hinaufzuklettern, sein pyjama flatterte oben noch für einen einen moment wie eine fahne im wind, dann war er außer sicht und auch kein seil mehr da.
Kleiner Tellerrand, "das hat er ihnen erzählt?"
Effie Perinée, "wie hätte er es denn sonst hierher geschafft? Die polizei hat mittlerweile die öffentliche freizügigkeit auf dem platz wieder hergestellt, vor der mittagszeit das fast tägliche ritual."
"Also von kreuzzüglern und autogrammjägern geräumt?"
"So kann man das auch ausdrücken."
"Und das zeltlager im park?"

"Wird weiterhin geduldet."
"Jetzt weiß ich warum das wasser des brunnens in letzter zeit so seifenmässig schäumt."
"Immerhin dient's der reinlichkeit."
Inzwischen war Mr. Peekaboo eingetreten, mit wortlosem gruß, jovialem nicken und nach den ersten momenten des zuhörens, "vielleicht ließe sich das wasser des brunnens in röhrchen für seifenblasen abfüllen."
Etwas mokant der Brunnenfrosch, "und schließen mit den rabulistischen materialisten einen vertrag als teilhaber an der seifenblasenproduktion, unterstützen so ganz nebenbei deren kreuzzug."
Der trilliardär schmunzelte,"eine schrulle zur begrüßung. Mir geht anderes durch den kopf."
Effie Perinée brachte ihm das übliche selters, selbst ein schluckauf konnte Mr. Peekaboo nicht hindern, "ich denke viel an den verlag, mein guter rat, gute ideen, gleich was man davon hält, kommen oft auch ohne großem geld auf die beine."
Aber nicht mit selters, ging's dem autor durch den kopf, doch da wurde er eines besseren belehrt.
Mr. Peekaboo, das genie für erfolgreiche geschäfte, hatte diesmal anderes im sinn. "Bin ein geschworener liebhaber sogenannter B-filme", *und* direkt dem autor zugewandt, "warum nach dem sternenhimmel der poeten und dichter greifen. Haben keinen literarischen ruf zu verlieren. Das spricht für sie. Kenne zwar nur zwei ihrer letzten werke", eine pause, genoss die aufmerksamkeit der anwesenden, steigerte diese mit einer frage, "wissen sie warum ich ihre schmöker schätze?"
Die eingetretene stille hatte für den moment die zeit ins exil geschickt. Endlich, die frage selbst beantwortend, "also, sind mir durchaus eine ergötzliche lektüre, ihre verstiegene schlichtheit, nichts fesselndes, dem leser die freiheit, das buch jederzeit beiseite zu legen, keine sorge es gäbe was zu verpassen, kein vom zaun gebrochenes kunstwerk, eben ein *low-budget* produkt."
Der Sh'rat war aufgewacht, allen ein geheimnis was er

alles selbst im schlaf noch mitbekommt, ein phänomen, nun bekräftigend, "so soll's sein, wu-wei."

Der autor, in seiner sprachlosigkeit, sein mund verharrte leicht geöffnet, maulaffen, die gedanken schlugen kobolz. Warum hatte er den mann mit dermaßen überbordenden mammon ausgestattet, gegen die eigene überzeugung, dass besitz doch nur eine andere form des diebstahls sei. Hoffte er dem zum trotz, etwas vom profit käme wenigstens dem verlag zu gute?

Mr. Peekaboo, ahnungsvoll, klopfte dem autor versöhnlich auf die schulter, "mit offenem maul fängt man keine fliegen, mein freund, zum wohl dann", erhob sein glas selters.

Dem folgten alle mit geistigeren getränken, und der leicht angekratze autor, der, nach leisem zuspruch vom Sh'rat, "wer gut rät gibt mehr als sein geld", nun doch zustimmte, "also gut, so soll's sein, ein titel der mir ausgesprochen gut gefällt, *grinder manuskripte – low budget*."

Später, während man sich trennte, nahm Kleiner Tellerand den Sh'rat beiseite, "nun bin ich doch neugierig, was dich heute hierher geführt hat."

"Die Meeresschildkröte ist deine freundin, habe was mit ihr zu besprechen. Wo finde ich sie?"

Der Brunnenfrosch beschrieb ihm eine von steilem fels geschützte bucht der ozeanküste einer fernen chinesischen provinz, "sie lässt sich dort nicht gerne aufspüren, pflegt das ihre eremitage zu nennen."

"So wie ich in meiner hängematte im garten der guten Frau Wang."

"Keine sorge, du wirst ihr willkommen sein, aber vielleicht doch ein zu weiter weg für dich. China ist groß."

"Diese mühe erspare ich mir auf meine art."

Beide standen derweil abseits der anderen am fenster, der Sh'rat öffnete dies, griff nach einem draußen hängenden, oder stehenden seil, der Brunnenfrosch wollte ihn aufhalten, alles viel zu schnell, konnte ihm nicht einmal nachblicken, nur ein paar erschreckt auffliegenden tauben, außer weiter leere war ansonsten nichts mehr zu sehen.

weiter mit episode XXXVI

ehrgeiz lebt vom wind II

Mary Breeze, von turbulenzen ins zeitlose hinfortgerissen, für momente orientierungslos, eine hilflos kreiselnde möwe, dann war der spuk ebenso schnell wieder vorbei, sie spürte greifbaren luftwiderstand unter ihren silbrigen flügeln, doch war weit und breit keine buddhastatue mehr zu sehen.
Zu ihrer beruhigung entdeckte sie als erstes den Sh'rat, der ihr aufmunternd zuwinkte. Im schatten von palmen räkelte er sich in seiner sanft schaukelnden hängematte. So fanden sie sich also wieder, an einem einsamen exotischen strand, weißer sand und azurblaues meer.
"Wir waren doch verabredet", insistierte die möwe, leicht pikiert. Sie hatte es sich auf den stamm einer palme, deren wuchs stark in die waagerechte neigte, bequem gemacht.
"Richtig, und da sind wir ja nun", bestätigte ihr freund.
"Und wo ist der buddha?"
"Überall ... und nirgendwo."
"Deine späße soll jemand begreifen", war aber sichtlich von dem ihr unerklärlichen ortswechsel angetan, denn schon startete sie zu einem kleinen rundflug, tauchte ins meer, mit einer garnele im schnabel zurück auf ihren palmenplatz, wo sie ihre beute genüsslich verspeiste.
"Gefällt mir hier, hat was, auf dem grund des durchsichtigen wassers alle leckereien präsentiert, wie auf einem teller von Frau Wang."
"Werde ihr dein kompliment weitergeben."

Nach einen weile sahen sie eine meeresschildkröte, die sich ihnen entlang des ufers gemächlich näherte.
"Mary, das ist sie, *die* Meeresschildkröte, eine alte freundin des verlegers. Soweit dürftest du bescheid wissen."
"Kommt der Kleine Tellerand denn auch?"
"Das klima hier täte ihm nicht gut, seiner gesundheit eher abträglich, würde austrocknen."
"Etwa wie zu pergament? Der arme, es ist doch hier wie im paradies. Könnte dann immerhin als papierdrachen das alles

von oben genießen."

"Halt an dich, liebe Mary, bitte red' nicht so despektierlich. und sieh, da ist ja auch schon unsere freundin."

Die alte dame hatte es schließlich geschafft, ein plätzchen im schatten, herzliches wiedersehen und der Sh'rat stellte ihr Mary Breeze vor, "ein vielversprechendes künstlerisches talent, ambitioniert genug eine karriere zu meistern."
Die Meereschildkröte wiegte leicht ihren kopf, "sind wir uns nicht schon begegnet, liebe Mary Breeze? Erinnere dich."
Mary Breeze schüchtern, "oh, wenn sie es sagen. Habe ein leider nur sprunghaftes gedächtnis."
"Doch meines wissens ein stetig wohlmeinendes herz."
"Mein freund hat übertrieben. Doch stimmt es, ich hoffte er könnte mir mut machen, fühle mich zur kunst berufen. Aber bis jetzt ist er meinen fragen ausgewichen."
Der Sh'rat hatte nichts hinzuzufügen, ein fragender blick zur Meeresschildkröte, die nun auch nicht zögerte das wort zu ergreifen.
"Freunde, wir haben es uns recht bequem gemacht und das beste, ich erzähle eine, in meiner familie überlieferte fabel aus dem leben einer urahnin von mir."
Der Sh'rat, in der hängematte lang ausgestreckt, einen arm hinter dem kopf verschränkt, die augen geschlossen. Mary Breeze saß dicht vor der Meereschildkröte, die noch einem moment wartete und nun zu erzählen begann.

"Meine urahnin zog an jenem tag in längst vergangener zeit entlang eines strandes gleich diesem, es war vielleicht sogar dieser hier, auf alle fälle unter selbiger sonne."
Na ein glück, dachte die möwe im stillen, wenigstens kein anderer planet, bei den marotten des autors ist mit allem zu rechnen.
"Mary Breeze, hörst du auch zu?"
"Entschuldige, bin ganz ohr."
"So zog meine urahnin am ufer des ozeans ihres weges, im bereich der sanft auslaufenden wellen, die sie regelmäßig umspülten. Ein kurier des Kaisers spürte sie dort auf.
"Der *Sohn des Himmels* gedenkt dir eine große ehre zu

erweisen, erwartet dich bei hof, du dienerin der weisheit. Bedenke, dir, einem vergänglichen wesen, wird durch seine gunst und gnade unsterblichkeit gewährt, und alle künftigen generationen werden dich ehrfuchtsvoll betrachten."

"Ich weiß diesen hoheitsvollen gruß zu würdigen", erwiderte die meereschildkröte, "ich wünsche dem *Sohn des Himmels* ein langes leben."

"Dann darf ich dich also mit meiner eskorte zu ihm führen, deine freiwilligkeit vorausgesetzt, gehört sich so. Würde er dir befehlen, träfe den *Sohn des Himmels* der unmut, gar der zorn seiner ahnen."

"Auch ich bin meinen ahnen verpflichtet."

"Sicher, doch tragen wir nicht alle auch eine verpflichtung künftigen zeiten gegenüber?"

"Das ist mir selbstverständlich."

"Dann sind wir uns ja einig, also brechen wir auf, zum hof des Kaisers", rief er zufrieden, und machte anstalten seine begleiter zu rufen.

"Erspare dir die mühe, ich bleibe hier, lasse lieber meinen schwanz weiterhin seine vergängliche spur durch den sand ziehen."

Fassungslos blieb der abgesandte stehen.

"Bedenke doch, immerwährende verehrung wird dir zuteil werden, dein leben des erhalts der harmonie von himmel und erde geweiht, ist es doch große aufgabe des kaisers vorausschauend dem wohl der welt zu dienen."

"Na klar, ihr bohrt löcher in meinen panzer, ihr schält ihn aus und röstet ihn im feuer bis er risse bekommt, um so die zukunft zu deuten. Alles in allem, darin findet ihr meine weisheit nicht."

"Ihr werdet mit smaragden und jadestein geschmückt, in einem der heiligen schrein auf immerdar einen ehrenplatz erhalten."

"Die einzige weisheit, was gut für jeden uns ist, hat mit ewigkeit nichts zu tun. Hier und jetzt, mehr gibt es nicht, also mein freund, ich setze nun meinen weg fort." So zog ihr schwanz wieder seine spur durch den sand, von den auslaufenden wellen alsbald ausgelöscht.

Der kaiserliche abgesandte machte betroffen kehrt, wusste er doch, dies würde ihm seinen kopf kosten. Soweit so gut, meine erzählung ist beendet."
Nachdenkliches schweigen. Der Sh'rat schien eingeschlafen, doch träumend ist er sicherlich der erzählung gefolgt. Nur Mary Breeze hatte schließlich eine vorsichtige frage.
"Und die beseeltheit künstlerischen strebens?"
"Ist mir nicht bekannt, es gäbe seelen unterschiedlichen gewichts."
"Ohne gewicht", fügte der Sh'rat hinzu.

Diese worte hallten wie ein echo nach, als Mary Breeze unerwartet ein universales lachen umspülte, die welt um sie herum verwirbelte sich, zeitraffend, wie ein zunehmend schneller laufender film. Unversehens, wie begonnen, das tohuwabohu ebbte ebenso plötzlich wieder ab.
Stillstand. Der Sh'rat und Mary Breeze standen in stummer einmütigkeit auf der terrasse vor dem vergoldeten buddha, blickten hinunter auf das weite land mit seinen reisfeldern, kleinen dörfern und den endlos sich schlängelnden fluss. Wie friedfertig die welt von hier oben. Wie kurzsichtig dort unten manche meinen aufbrechen zu müssen, dazu verführt fragwürdigen erfolgen nachzujagen. Wer ruhm sucht, dem droht darin umzukommen. "Ehrgeiz lebt vom wind."
Wir lassen es offen, ob dies ein kommentar des Sh'rat, eine selbsthinterfragung und einsicht der möwe, oder gar eine anmerkung des autors ist, mit dem hinfälligen versuch etwas zu fassen, was schwer zu greifen ist. Mit sicherheit entspricht es der weisheit der Meeresschildkröte. Vielleicht hat sie den buddha diese worte sprechen lassen. Jedenfalls so verstand es Mary Breeze.
Sie pausierte noch einige tage beim Sh'rat, und Frau Wang, die es sich nicht nehmen ließ, diesen geflügelten gast mit allerlei meeresfrüchten zu beköstigen.
Jeden tag unternahm die möwe einen flug zur buddastatue, umkreiste sie, und wenn auch die erlebte verwirbelung sich nicht wiederholte, die fabel der Meeresschildkröte behielt sie sehr lebendig in erinnerung.

universal grinder episode XXXVII

abendstille und alpenglühen

Nicht ahnend was mich erwarten sollte, beim steilen abstieg vom einsamen bergsee jeden schritt mit bedacht setzend, moosbewachsenes gestein, fels unter weichem waldboden, zur linken die munter plätschernden wasser, herauf drang schon das gedämpfte rauschen der zwischen felsklüften stürzenden katarakte, denen ich mich langsam näherte, mit alt vertrauten erinnerungen.
Bis unerwartet, beim ersten anblick der steinernen galerien und der gemauerten brücke inmitten der fälle, ich stutzte, wo blieb das gewohnte touristengewusel?
Restaurant und herberge standen vereinsamt, vom grünen wiesen eingerahmt, eine ungepflasterte wegschleife vor den gebäuden, nirgendwo geparkte busse, keine autos.
Der vormittag war fortgeschritten, wenigstens wie erwartet, die hotellerie war geöffnet. Hatte mich deshalb auf den weg hier hinunter gemacht, mich mit etwas essbarem und einer flasche rotwein für den abend zu versorgen.

Vom patron herzlichst begrüßt, "wie sie wüschen, monsieur, alles zum mitnehmen?"
"Bitte, wenn möglich, trockenes brot für die murmeltiere."
"Die murmeltiere?"
"Ja, die murmeltiere, sie baten mich darum."
"Soso, ja wenn sie meinen, gebe ich ihnen gratis dazu. Mit gutem wein, frischen brot und käse sollten sie jedenfalls auf ihre kosten kommen, vom feinsten."
"Ganz gewiss, danke."
"Aber woher und wohin wenn ich fragen darf? Sie sind doch sicher nicht für ihre besorgungen extra aus dem kurort im tal zu einer mahlzeit im freien hier hinauf gewandert? Sehe keine kutsche, kein neumodisches automobil."
"Komme vom bergsee herunter. Hoffe, der wird noch auf lange zeit, wie sie sagen, von neumodischer mobilität verschont bleiben bleiben."

"Diese knatternden automobile sind die hölle, sie stinken jedenfalls danach", reibt sich nachdenklich das kinn, "doch bringen sie mir neue gäste, und wer sich keinen chauffeur leisten kann, steuert inzwischen sogar selber."
"Ein neuer inbegriff von freiheit."
"Manche verstehen das lenken der gefährte als sport."
"Erliegen der faszination der beschleunigung. Bin mehr für's innehalten, dampf aus dem kessel zu nehmen."
"Ob ich verstehe was sie meinen? Ist leider so, was mir vorteile bringt schafft neue probleme. Das motorengetöse macht die pferde der herrschaftlichen karossen scheu. So geht das nicht, habe die fahrer der automobile angewiesen ihre fahrzeuge weiter unten am wegesrand abzustellen, mit gebotener rücksicht, ohne dabei die auf- und abfahrende kutschen zu behindern."
"Dann werde sie wohl bald parkplätze einrichten müssen."
"Was?"
"War nur so ein gedanke, alles zu seiner zeit."
"Sie scheinen mir nicht ohne spleenigkeit, so wie die neuen englisch sprechenden kurgäste. Sie wollen sich doch nicht wirklich wieder auf den weg hinauf zum see machen? Nicht dass die nacht sie dort überrascht. Ich hätte ein zimmer für sie."
"Danke, aber der tag ist noch jung."
"Beehren sie mich wieder, ehe sie dort oben anfangen am klee und wegerich zu knabbern."
"Behalten sie ihren humor, bis bald."
Hatte die besorgungen in einem kleinen rucksack verstaut, machte mich zügig auf den rückweg.

"Habe ich das nicht gut gemacht?" meldet sich der Dschinn, während ich durch fels und wald aufwärts stocherte.
"Was denn?"
"Habe mir eine kleine zeitkorrektur erlaubt, jenseits deiner erinnerungen an diesen ort."
"Denk bloß, das wäre mir nicht aufgefallen."
"Mit einem zu viel des einst vertrauten, die wehmut ließe vielleicht zu wenig distanz, die dinge ungetrübt und frisch als das zu zu erkennen, was sie sind."

"Und das wäre?"
"Wandlungen sind keine antinomie von gut und schlecht."
"Aus eigenem antrieb reisen, nein, im lauf der jahre hab ich mich einer genügsamkeit ergeben. Aber alle achtung, was du so aus meinen erinnerungen extrahierst ist nicht ohne, manchmal ein segen, wie in diesem fall. Trug mich immer mit dem gedanken noch einmal hierher zurück zu kehren. Die wasserfälle und der bergsee."
"Danke. Dass mittlerweile deiner gattung lustvolle hingabe an mobilität einem selbstmord gleicht, unübersehbar, hast mein beileid."
Ich schwieg. Dessen ungeachtet entführte mich der Dschinn für momente in ein szenario neusten standes.
Unterhalb der hotellerie war längst, tief in den wald hinein, ein parkplatz einplaniert worden, so groß wie ein sportplatz. Die urenkel des gastwirts verdienen sich goldene nasen. Ein ganzjähriger rummel. "Zu deinem einst schwer zugänglich entlegenen see, wurde für einen lift eine schneise durch den wald geschlagen, illusionshungrige werden bequem an das seeufer befördert, dort bequemt sich ihrer eine hotellerie mit terrassen und sonnenschirmen. Da der see zum baden zu kalt ist, gibt es ein kleines schwimmbad."
"Guter Dschinn, mich nicht diesem wahnsinn ausgesetzt zu haben, danke. Aber die armen murmeltiere."

Ein friedlicher abend. Auf der bank, beine von mir gestreckt, gesättigt, hin und wieder ein schluck aus der flasche, drei murmeltiere leisteten mir gesellschaft.
Nachdem auch sie sich gestärkt hatten, stellten sie sich vor mir auf einen flachen felsen, stimmten sich auf die richtige tonart ein, eines begann *abendstille überall* zu pfeifen, nacheinander setzten die andern beiden ein. In kunstvoll vorgetragenem kanon flöteten sie etliche durchgänge dieses beschaulich vorgetragenen liedes.
Währenddessen im abendlicht, auf den weißen häuptern der umstehenden bergriesen, letzte tanzende sonnenfinger ein funkelndes feuerwerk entzündeten, erst ganz allmählich von einem, für das sternenlicht durchlässigen sich immer tiefer verdunkelnden blau abgelöst.

überall und nirgendwo I

"Sieh an, Hinz Mumpitz inkognito, mein reiseschriftsteller Jules Lee Hooker, nach lust und laune einfach mal so eben abgetaucht, immer eine ausrede feil. Die *Bosporus* hat's dir angetan. Nun wach schon auf, mein freund." Es blieb ein monolog des Mr. Peekaboo, und sein appell ohne resonanz.

Jules hatte es sich im park des Deck VII der *Bosporus* auf einer bank bequem gemacht, war eingenickt, diese störung mochte ihn als fernes echo seiner träumerei erreicht haben, nach einer weile stoisch quittiert, "ja, ziemlich beschäftigt", brummte er, weiter vor sich hin dösend.
"Hätt's mir doch gleich denken können. Das *Casino Cythère* direkt nebenan, die mir ergebene Lavie Duport. Lee Hooker lässt nichts anbrennen. Jetzt rück' schon mal zur seite."

Der name Lavie genügte, augenblicklich fand Jules die kurve, vom traum in die reale gegenwart abzubiegen, in der ursache und wirkung größtenteils verfolgbar sind, richtete sich auf, die augen reibend realisierte er den neben ihm sitzenden störenfried, gewohnt, alles dem erfolg dienliche unter kontrolle zu halten. Die welt sich selbst überlassen, käme diesem entrepreneur nicht in den sinn, und tage ohne ungebremsten drehantrieb seines besitzergreifens wären ihm verlorene.
Jules blickt auf die uhr, "bin verabredet, ist immer noch eine stunde zu früh."
"Es gibt kein zu früh als entschuldigung für's nichtstun. Also auf, mein freund, und lass uns weiter ziehen."
Jules Le Hooker war nicht so leicht zu motivieren.
Mr. Peekaboo blickte um sich, ja so ein park, vorsätzlich jedes klaren horizonts beraubt, voll versteckter illusionen, sein misstrauen nur bestätigend, und das nannte sich auch noch gartenkunst. Erst recht, von so einer bank, auf der er wohl erstmals saß, eine unvorteilhafte niedrige perspektive.

Kein wunder, da geht einem ja jeder schwung verlustig, fischte eine zeitung aus dem papierkorb, sogar von heute, knuffte Jules in die seite, hielt ihm das blatt unter die nase "werd endlich wach, hättest besser mal die aktienkurse studiert." Jules blickte ihn ungläubig an und schwieg.
"Mit dem leerlauf deiner zeiteinteilung hätte ich's nie weit gebracht."
"Ach ja, auch ohne vom vater auf den sohn?"
"Mehre was du ererbst, verschleudere es nicht."
Er stand auf, energisch, "nun, dann wollen wir mal rüber ins *Casino Cythère*, denn du kommst mit."
"Bin mehr fürs private und warte hier im grünen."
"Aus Miss Duports feierabend wird heute so schnell nichts. Kann dich dort auch gut gebrauchen."
So zogen sie endlich los.
Jules Lee Hooker würde bei nächster gelegenheit aus dem fahrwasser des finanzmoguls wieder wegtauchen.

Das *Casino Cythère*, auf dem feudalen luxusdeck VII, mit dem geschäftsmodell virtueller placebo reisen, wünschte der trilliardärer schon längst aus seinem imperium entfernt zu haben, fände er nur einen käufer.
Die ahnungslose Lavie Duport war nicht wenig erstaunt, ihr freund in begleitung ihres obersten dienstherren, kaum zeit für einen flüchtigen gruß, schnurstracks waren beide im büro ihres hiesigen chefs verschwunden, schneller als ihr erstaunter blick von dem des verlegenen Jules, sich wieder entknoten ließ.
Das büro des casinoverwalters Mr. Mandrake Maharashee glich einer bibliothek, der schreibtisch stand vor der lichten front eines breiten panoramafensters, die übrigen wände waren mit bücherregalen bekleidet, nur mit aussparungen für die eintrittstür aus dem vorzimmer und einer weiteren zu einem angrenzenden raum, bis auf ein kleines fenster ebenfalls mit regalen voller bücher, einem schreibpult, einem lesetisch in der mitte und etliche sitzgelegenheiten.
Aus dem büro bot sich ein faszinierender blick, hinunter auf den park. In der immensen höhe des Deck VII wurde der

anschein eines lichten, leicht bewölkten himmels simuliert. Das alles ließ jeden vergessen, sich auf einer raumfähre zu befinden.
"Jules", ermahnte ihn Mr. Peekaboo flüsternd, im begriff ihn Mr. Maharashee vorzustellen, "Jules Lee Hooker ist mein unersetzlicher reiseschriftsteller, geht mir in letzter zeit immer wieder verloren, bringt sein vagabundierender job mit sich, überall und nirgendwo, doch wie könnte man sich da verfehlen, ist es zufall, was uns so zufällt?"
Mr. Maharashee, "wahrscheinlich unausweichlich würde ich dazu sagen, die welt wimmelt voll versteckter zufälle. Nur die wenigsten verstehen sich darauf sie zu fassen."
"Bin vorhin im park fast über ihn gestolpert. Somit für mich, sozusagen, heute gleich zwei fliegen mit einer klappe."
"Und womit drohen sie mich zu *erschlagen*?"
"Verehrter Mr. Mandrake Maharashee, ganz im gegenteil, ihre belesenheit ist mir über, sie bleiben selbstverständlich mein geschätzter geschäftsleiter. Doch richtig ist auch, es muss sich hier was ändern."
"Darf ich dazu sagen, mir deutlich lesbar, was sie sowieso nicht verbergen können, sie erwägen zwei möglichkeiten, richtig?"
Mr. Peekaboo stutzte, "also gerade heraus, es gibt nur eine, das etablissement zu entäußern, einen käufer finden, dieses schiff ist kein ort für expandierende geschäfte, doch ihrer bemerkung zu entnehmen, die zweite option, sie würden das casino gerne selbst übernehmen wollen?"
"Ich verschulde mich nicht, das wissen sie."
"Was verstehen sie denn dann als zweites?"
"Eine andere, bessere nutzung."
"Was gibt's da auszusetzen, außer an den bilanzen?"
"Eines hängt mit dem anderen zusammen, schrumpfende kundschaft, wenig gewinn. Das Bingo-prinzip, lotterie mit geringstem einsatz und etwas glück virtuelle traumreisen zu ergattern. Wer sich solche reisen in reale welten leisten könnte, solche wird keiner auf der *Bosporus* buchen wollen, wogegen die vielen hier gestrandeten exilanten literatur, das lesen von büchern, virtuellen reisen vorziehen."

Mr. Peekaboo schwieg zwar, doch seine aufmerksamkeit war geködert, so ließ er Mr. Maharashee gerne fortfahren, der sich jetzt Jules zuwendete, "sie sollten es doch bestens wissen, diese fähre beherbergt derzeit mehr freigeistige oder auch politische exilanten als je zuvor, womit längst ein anderer lebensalltag auf der *Bosporus* einzug gehalten hat. Für den zeitvertreib unserer reisenden zwischen *Theta* und *Kappa* ist gesorgt, zollfreies einkaufen und konsumieren, sie genießen besonders die freizügige atmosphäre."
Jules nickte, und zum still gewordenen Peekaboo, "bücher sind etwas das meinen freunde auf Deck XI schmerzlich vermissen, sind glücklich über jeden der noch dies oder das auswendig vortragen kann, das ein oder andere buch sogar bei sich hat. Als bibliothek ist das nicht bezeichnen."

Der zum entrückten olymp des geldadels aufgestiegene hatte bedächtig zugehört, "dies war eines meiner start-ups, vielversprechend für den zeitvertreib von langeweile."
Mr. Maharashee, "ich bin ihr dritter leiter des Casinos, das geschäft mit reisenden war einmal. Solcher art zerstreuung ist nichts für die hier ansässig gewordenen. Nicht wenige exilanten sind der anästhetisierung des öffentlichen lebens überdrüssig gewesen, sind davor geflohen."
Mr. Peekaboo fast verlegen, "Jules du auch?"
"Jeder hat seine geschichte, ich war zufällig gestrandet. Bis dahin in vielem blind. Ehrgeiz ist aller laster anfang, gewinn ich nichts, verlier' ich nichts."
Der entrepreneur überhörte das großzügig, hatte ansonsten gut zugehört, "wieso, weshalb, warum, auch mir drückt der schuh, kein anlass voreilig auf neue ideen zu verzichten", sich seinem geschäftsleiter zuwendend, "was hat's denn denn nun mit der zweiten, besseren nutzung auf sich?"
"Auf der *Bosporus* gibt es nicht eine einzige bibliothek, also keine, die diesen namen verdient."
"Hier stehen doch genug bücher."
"Richtig, lade durchaus schon mal poeten und literaten zu lesungen im nebenraum ein. Aber das ist rein privat."

bald soll die sache weitergehen

le soupir des feuilles
basierend auf der fabel von der *freude der fische*

Während ihres heiter gestimmten spazierwegs durch den herbstlichen park, sind Chuang-tzu und Hui-Shi auf der kleinen holzbrücke über einem teich stehen geblieben.
Sie blicken schweigend hinab. Auf dem klaren gewässer, der tanz lebhaft flackernden sonnengefunkels, in durchsichtiger tiefe, tummeln sich zahllose fische.

Schließlich bemerkt Chuang-tzu, "in ihrem frohen spiel, so völlig zeitvergessen, das ist die schiere freude der fische."
Hui-Shi gibt zu bedenken, "du bist kein fisch, wie kannst du wissen, worin sich das vergnügtsein der fische ausdrückt?"
Sein freund, "du bist nicht ich. Woher willst du wissen, dass ich nicht wissen könne, worin fische ihrer freude ausdruck geben?"
"Ich bin nicht du und ich werde dich niemals vollständig kennen. Doch ein fisch bist du gewiss nicht."

Eine nachdenkliche pause, Chuang-tzu antwortet, "bleiben wir bei deiner ersten frage, woher ich denn wissen könne, worin sich das vergnügtsein der fische ausdrückt. Du wusstest, dass ich es wusste, und dennoch hast du diese frage gestellt. Nun gut, ich weiß es so wie du und ich es unausgesprochen wissen, welche Freude uns beiden dieser spaziergang bereitet."
Schweigend setzten sie ihren weg fort.

Dieser teil wurde im wesentlichen getreulich nacherzählt. Wer wird schon annehmen, dass beider betrachtungen des lebens und webens der natur damit abgeschlossen gewesen wären.

Ihr weg führt sie durch ein lichtes gehölz, die bäume trugen nur noch zum teil ihr farbiges herbstliches kleid. Auf dem boden, in scheckigem lichterspiel tastender sonnenstrahlen, hatte der tag einen farbenprächtigen laubteppich ausgerollt, wobei hin und wieder, im leichtem wind, weitere blätter gemächlich durch die luft trudelten.

"Und so, bester Freund", Chuang-tzu gibt seinen eindrücken wieder das wort, "wie sehr schätze ich es, dem rauschen des sanften windes im blattwerk der bäume zuzuhören."

Hui-Shi, "ich sehe die blätter im wind, ich höre ein wispern und raunen, bleibt die frage, wer will uns da nun was sagen, der wind oder die blätter?"
"Ohne den wind können die blätter nicht wispern, das weißt du genau."
"Handelt es sich vielleicht um ein zwiegespräch zwischen wind und blättern?"
"Jetzt kommen wir uns wieder näher", entgegnet der ältere, "so wie auch der wind und die blätter einander verstehen."

"Bedenke doch, der wind und die blätter sind von so unterschiedlichem wesen, kaum anzunehmen, dass sie die gleiche sprache sprechen. Uns menschen fällt es schon schwer genug einander zu verstehen."
Chuang-tzu, "das liegt daran, dass du die wahrheit in der sprache suchst. Ich sehe in ihr nur die möglichkeit, auf die wahrheit aufmerksam zu machen. Der name ist doch nur der gast der wirklichkeit. "

Nachdenklich sind sie weiter gegangen, als diesmal Hui-Shi das schweigen bricht.
"Mein freund, eines erkläre mir doch bitte, die seufzer der fallenden blätter, ihr melancholischer abschied vom leben, das ist doch etwas, von dem der wind nicht die geringste vorstellung haben kann."

Chuang-tzu lässt sich zeit mit einer antwort, und Hui-Shi lässt sie ihm bereitwillig, wusste er doch selbst nicht was darauf zu antworten sei. Dann, sie waren stehen geblieben und verfolgen ein ahornblatt bei seinem trudelnden tanz im sonnenlicht.
Der ältere räuspert sich vorsichtig, und als Hui-Shi's blick

dem seinen begegnet, sagt er, "da hast du was gesagt. Das sterben ist tatsächlich eine einsame erfahrung, und auch gut so, niemand kann mehr drein reden. Eingestanden, auch wieder schade, denn ich denke wir werden uns beide auf jenem weg missen."

Diese versöhnlichen worte lassen Hui-Shi mit einer schon angedachten entgegnung verstummen. Natürlich kannte sein freund all die thesen, mit denen er unter anderen zeitgenossen so manches entsetzen und manche empörung ausgelöst hatte.

Chuang-tzu, "mein freund du weißt, ich verstehe durchaus mit deinen gedanken zu wandern, da ist zum einen deine these, die vierte, denke ich:
Die Sonne geht unter, wenn sie im Zenit steht, die Dinge gehen zugrunde, wenn sie geboren werden."

Hui-Shi, "ich denke an eine weitere: *Ich gehe heute nach Yue, bin aber gestern bereits dort angekommen."*

Chuang-tzu, "ich weiß, du sprichst aus erfahrung. Damit hast du schon einige denker zur verzweiflung getrieben, mich allerdings ausgenommen."

Nun setzen die beiden ihren spaziergang schweigend fort, bis die weit gezogene schleife ihres rundweges sie ihrem dorf wieder näher bringt, kehren in einer garküche ein und am tisch, bei reisklößchen und einer schale wein, lockern sich auch ihre zungen wieder zu kurzweiligem gespräch.

Anmerkung des verlegers:
Hui Shi's thesen erwiesen sich unter den logikern seiner zeit von subversiver kraft und blieben es auch bis heute, China ist ein, mit seinen ahnen zutiefst verbundenes land.
Es gibt ein weiteres, bedenken wir das zeitlose alter der Dschinn, ließe sich da nicht eine andere erklärung für Hui Shi's kühnheiten finden?

überall und nirgendwo II

Mandrake Maharashee war längst auf den heutigen besuch seines brotgebers vorbereitet, war eher früher denn später zu erwarten. Seine angestellten waren loyal, achteten und schätzten ihn. Die materie virtueller reisen war ihm immer fremd geblieben. Der schwund der umsätze war zumindest seiner geschäftsführung und leitung casinos deshalb nicht anzukreiden. Die nachfrage versiegte, vergnügungssüchtige bleiben aus. Das dürfte also geklärt sein.
"Eine bibliothek, fällt ihnen nichts besseres ein?" Auffallend jedoch, ohne mokanten unterton.
"Eine die den namen verdient. Die größe des grundstücks würde entsprechende umnutzung zulassen."
"So viele bücher, schon die hier angesammelten, wie soll da jemand vor lauter lesen noch tun was zu tun ist?"
"Dies zu ermöglichen, dazu sind wiederum auch nur wenige in der lage oder gar berufen."
Mr. Peekaboo ließ sich gerne als macher hofieren. Er blickte versonnen hinüber auf die fensterfront des büros, draußen begann die atmosphärische simulation den frühen abend einzuleiten. Seine gedanken waren durchaus nicht gefeit vor spontanen einsichten und stimmungen, "wie wär's mit einer einladung zum abendessen in einem erlesenen restaurant? Geben wir unserer sitzung einen würdigen abschluss."
Mr. Peekaboo war immer überraschungen wert, Lavie und Jules wurde klar, ein vertraulicher abend zu zweit war damit gestrichen.

So saßen die vier alsbald in einem separée eines VIP Clubs, seitlich einer bühne, conferencier, varieté und musik, waren aber von diesem quirligen geschehen auf angenehme weise geschieden. Eine üppige tafel, ausgesuchteste weine und anschließend getränke ganz nach vorlieben.
Jules, Lavie und ihr chef des *Casinos,* sie sparten nicht mit toasts auf das wohl des erfolgsverwöhnten gastgebers, der an diesem abend seine *trilliardärische* distanz, wie's schien

erfolgreich in der garderobe abgelegt hatte, der runde nun von wolke sieben mit reichlich selters zuprostete. Wie es so ist, erfolg kann eine haftung bedeuten, der zu entfliehen nicht einfach ist, Mr. Peekaboo gelingt das auf seine weise. So beflügelte seine vertrauliche redseligkeit die gemüter.

"Jules, das abenteuer meiner ersten reisegruppe zu jenem planeten Venus, gleich dir, von deiner stippvisite bei deinen freunden auf der *Erde* heil und sicher zurück, nur sag, hat der verdammte stern jenes systems überhaupt einen namen? Dolores hat es und den stern 1943/12/11 getauft."

"Sie wird es wissen. Doch die erdeingeborenen nennen ihr zentralgestirn einfach nur *Sonne*, als wäre es der stern der sterne."

"Und doch betreiben sie raumfahrt."

"Vor ihrer haustür. Mein freund war von dem desaster nicht im geringsten überrascht. ihn wundert sowieso nichts mehr, hängt er selbst ständig zwischen den zeiten, pendelt hin und pendelt her."

"Sollte sich mal wieder auf eine angesagte zeit justieren."

"Das hat er längst aufgegeben, lebt sich leichter. Fragt sich allerdings auch, welches zeitmaß zugrunde zu legen sei."

"Kenne ihn nur aus redaktionstreffen, hat selten mal helle momente, wie aufgeweckt ist der Sh'rat dagegen, immer auf den punkt, doch verschlafen sind beide."

Mandrake Maharashee griff das auf, "halbschlaf kann sehr kreativ sein, eine gesunde distanz zur welt. Auch lesen trägt dem bei. Argo zieht das dem reisen möglicherweise vor?"

Lavie, "Lucy sieht das ähnlich. Er ist für alles zu haben, hier und jetzt, kein ehrgeiz darüber hinaus."

Mr. Maharashee nickte nachsichtig, "bücher düngen unsere sprache. Den vielen kosmopolitischen exilanten hier auf der *Bosporus* bedeutete eine bibliothek eine der gesündesten nahrungsquellen."

Jules, "selbst hier gestrandet, mit meinen journalistischen themen saß ich auf dem trockenen, dem austausch mit den belesenen verdanke ich viel. Manche kannten sogar was von meinem geschreibsel."

Mr. Maharashee, "ein anderes, der topsy-turvy welt unseres

Argo sind die neuesten spiele-fantasien gewidmet. In den virtuellen reisen finden die einsätze der *marines* auf der *Venus* größten zuspruch, höhepunkte der komik, wie mir meine angestellten übereinstimmend berichten."
Mr. Peekaboo, "aus den *pangalactic* reisezielen ist die *Venus* längst gestrichen. Von leuten, die sich von friedfertigkeit so schnell auf die palme bringen lassen, halte ich mich fern. Was sagst du Jules?"
"Ein wespennest. Zur selbstbestätigung hängen die dortigen militärs am tropf ihrer feindbilder und schüren sie auch, das mißtrauen gegenüber fremder kultur. Nur führt der weg des militärs nur in die barbarei. In der freakigen kneipe meiner freunde auf der *Erde*, weckte meine anwesenheit alte ängste vor einer invasion außerirdischer, *grüne männchen vom Mars*, eine eingeübte halluzination, ein placebo für die immunität vor subversivem denken."
Mandrake Maharashee, "ist das zivile leben in der freude an bildung und eigenständigem denken gegründet wäre klar, aufrüstung ist das scheitern von politik, ein freibrief der gier daraus gewinn zu ziehen."
Jules, "auf jener Erde zeigt sich im politischen ein kampf um genehmen sprachgebrauch, um die hoheit über opportune meinungen, unpassendes wird negativ besetzt und isoliert. Freie bahn einer erosion der sprache, grassierende *memes,* eine ruinöse auflösung in euphemismen. Davon profitiert nun mal das militär, ihm wird zugestanden, sich dreist und unbehelligt als friedensstiftend darzustellen. Willst du den frieden, dann bereite den krieg vor, welcher irrsinn."
"Lavie, "dein freund, in so einer welt aufgewachsen, wie konnte er als kind das unbeschadet überstehen?"
"Glück gehabt. Ohne ehrgeiz für jede art von wettstreit, allergisch gegen schulsport, oder beruflichem fortkommen, ohne motivierung des sich hervortuns. Sein vorteil, die welt weniger konditioniert betrachten zu können, wohlwollend zu erleben."
"Lavie, "warum denn nur wollte dein freund von der *Erde* überhaupt wieder dorthin zurück?"

bald geht die sache weiter

kleider machen leute I

Die eingangsschwingtür wollte hinter meinem rücken nicht zur ruhe kommen, als erwartete sie ein dankeschön oder gar ein trinkgeld, also einen mutige schritt vor, ehe ich von ihr hinterrücks geboxt wurde. Soweit ich mich erinnere, existierte hier niemals eine derart ruppige tür. Überhaupt, bis auf den namen *Divin' Duck* hatte ich nicht den eindruck am richtigen ort zu sein. Gäste und personal gaben diesem etablissement den befremdlichen flair einer steiflippigen, exklusiv mondänen *utmost upperclassed vip lounge*.
Von einer taxi hierher kutschiert worden, schon zu beginn irritierend, wie sie räderlos abhob, in schwindligen höhen auf und ab über den straßen dahinschwebte. Dem fahrer schien ich gleichfalls nicht ganz geheuer, "sie sagten, sie wollten zum *Divin' Duck* gefahren werden, ist das wirklich die richtige adresse?"
"Kein vertun, wo sonst findet sich eine so exquisite auslese an Brandys. Zu hause dafür platz zu schaffen, ich müsste ein komplettes bücherregal leerräumen."
"Verstehe zwar nicht wovon sie reden, aber ob's klug ist sich in's *Divin' Duck* zu begeben, in ihrem aufzug, ich weiß wirklich nicht was ich davon halten soll."
"Was empfehlen sie mir?"
"Ein ihnen gemäßeres stadtviertel. Sie scheinen hier fremd zu sein, empfehle ihnen ..."
"Fahren sie nur zu, in anderen zeiten fände ich den weg im schlaf, aber diese straßenschluchten sind mönströs in die höhe geschossen."
"Sie wissen wohl auch nichts von den unruhen in jenem und vielen anderen quartieren, kaum noch einzudämmen, wenn sie mich fragen, eine riskante fahrt."
"Dann fahren wir besser auf umwegen?"
"Sie haben gut reden, das *Divin Duck* liegt mittendrin, ohne ihnen nahezutreten, aber etwas mehr vorsicht wäre ihnen angeraten, zum mindesten inkognito gekleidet."

Ich schwieg, der taxifahrer nun auch, eine welt, zwei zeiten. Welcher kontrast, das stadtbild wurde mir zwar vertrauter, nur waren die häuser restlos heruntergekommen, verlebt, ungeschminkt, ohne patina gealtert, doch welcher kontrast, vornehmstes, pikfeintes publikum bevölkerte die gehwege, als schwärmten sie wie vampire aus ihren villenvierteln zu nächtlichem vergnügen extra hierher. War auch das *Duck* ein solch fragwürdiger hype geworden?
"Da wären wir, auf der gegenüberliegende strassenseite ihr ziel." Der fahrer hatte es eilig, schnellstens wieder von hier fort zu kommen.
Da stand ich also, immer noch zögerlich, die aufsässige tür im rücken in sicherer distanz. Ein empfangschef nahm mir die entscheidung ab, in seiner uniform so steif, als wäre er heute erstmals eingekleidet worden, begrüßte mich mit übertrieben devoter zuvorkommenheit, "ihr besuch ehrt uns sehr, bitte nehmen sie dort an der bar platz", und mit einem wink von ihm räumte ein blasierter dandy willig seinen sitz, "einer der altbewährten barkeeper wird persönlich für sie zur stelle sein."
Die pikfeinen pinkel*innen in unmittelbarer nähe, bezeugten mir, zurückweichend, ergebenen respekt. Wie unangenehm, diese hehre gesellschaft verwechselte mich sicher mit einer großen nummer des öffentlichen rummels, oder ist mir ein derartig phänomenaler gesellschaftlicher aufstieg im schlaf entgangen?
"Sei froh, das ist dir erspart geblieben", die leise stimme des Dschinn.
"Und weißt du für wen die mich halten?"
"Wie könnte ich?"
Saß nun an der bartheke, das vertraute glatt polierte holz, meine unsicherheit schwand, von den bizarren umständen mal abgesehen, fühlte mich doch wieder heimisch.
Schon war ein barkeeper zur stelle, "zu ihren diensten", er stutzte, unser beider blicke versuchten schweigend anker zu werfen, in welchen erinnerungen auch immer, er fing sich mit einer frage, spürbar vorsichtig, fast verlegen, doch mit freundlichem blick, "darf ich raten?" machte eine pause,

"ein doppelter Canadien Bourbon auf eis, oder ein Scotch?"
"Gut geraten, ersteres, nur zu."
Wenige plätze entfernt saß ein distinguierter älterer gast, einem nachbarn zugewandt, beider kleidung verriet sie als hohe tiere des bankkwesens, ein barmann als zuhörer.
"Früher hatten wir noch die freie wahl, verzicht auf konsum wurde nicht bestraft."
"Du mit deinen bessere alten zeiten."
"Das waren sie niemals. Wurden zum beispiel mal höhere löhne gewährt, dann immer unter der voraussicht dass die menge es noch atemloser in umlauf brächte. Wie sollte da jemand zur besinnung kommen? War aber kein zwang."
"Na ja, die weisheit des alters, sei dir gegönnt, bist ja auch schon der letzten besinnung und ruhe einiges näher."
"Ich sage nur, gewerkschaften und bosse, gleiche medaille. Die verhältnisse standen früher schon auf dem kopf."
"Du hast ja recht, alter, aber so sind die dinge nun mal."
"Die kehrseite des wohlstands für alle, in die falle gelockt, so konsumieren sich die ärmsten frühzeitig zu tode."
"Deshalb zur stärkung flüssig brot", der barmann hatte sich eingemischt, "dein *dunkles* wird schal."
"Sieh doch, dir geht's genauso. Kannst die uniformen nicht schnell genug wechseln, wie sie geliefert werden."
Der barmann, "als rentner hast du doch reichlich zeit dein konto abzuarbeiten. Fleißig reisen, flug- und kreuzfahrten buchen, zeit für life-style seminare und *retreats*, machen doch die meisten von euch, sind klüger als du."
"Klüger? Hammelherde. Nichts über die schlichten freuden, ein paar stunden hier an der theke bei einem Guinnes", er klopft auf's holz, "trost und prost, danke für das frische."
"Dein bierdeckel hilft ja auch etwas dein *punktekonto* beim finanzamt abzubauen, will's dir nicht ausreden."
"Müsste ganz schön zulangen, da streikte meine leber. Aber der ständige kostümwechsel bringt einem barmann doch sicher auch nicht allzu viel?"
"Geht. Alle paar tage eine neue uniform, immerhin immer adrett", dann mit verstohlenem blick in meine richtung, in zurückhaltend leiserem ton, "manche schaffen's ja, dem

finanzamt ein schnippchen zu schlagen."
Die scheelen flüchtigen seitenblicke der gäste verstand ich nun gar nicht mehr. Der alte, dieses konspirative gehabe seiner runde ignorierend, "ich will es niemandem neiden."
"Fragt sich nur, mit welchen steuertricks", war die weniger wohlwollende ansicht des gastes neben ihm.
Der barkeeper, "immerhin gibt's auch solche die sich nicht zu fein sind und unsereins nicht schneiden."
Der zweite gast ließ sich nicht bremsen, "predigen konsum, selbst davon befreit, solidarität ist das nicht."
Ein piepsiger zwischenruf eines, in frack und zwickel hinter ihnen stehenden, "bitte keine klassenkampfparolen."
Eine pause.
Der alte sah mich freimütig an, "sie entschuldigen, haben doch sicherlich gehört worüber wir gerade sprachen."
"Was sollte mir das sagen?"
"Nun ja, sie sind eine höchst privilegierte person, stehen über den dingen. Da lässt sich gut reimen und dichten."
"Schwer, mir einen reim darauf zu machen", hob mein glas, "aber sher freundlich, zum wohl."
Der mich bedienende hatte seinen kollegen kurz beiseite gezogen, sie wechselten einige worte. Der andere, zurück zu seinen gästen, "eine runde feinsten Scotch auf's haus, auch für den freundlichen herrn dort."
Jener, wie der manager eines grand hotels gekleidete, ließ sich einen moment hinter der bar blicken, wenige worte mit seinen barkeepern, wirkte zufrieden, entfernte sich wieder still und diskret.

Der ghost-narrator wird in dieser sache weiter berichten, Argo entlasten, aber vorläufig belassen wir diesen in seinem gedanklichen kreiseln, zu abschweifend, um dem fortgang der kommenden ereignisse gerecht zu werden. Er hatte sich in eine zeit verirrt, in der die finanzämter konsumnachweise statt steuererklärungen verlangten. Nur jenen mit eigentum und fettem salaire war es gegeben, sich vom konsumzwang freizukaufen.

nur wenige seiten, dann geht die sache weiter

überall und nirgendwo III

Erinnern wir uns, Lavie Duport zeigte sich verwundert, dass dem freund von Jules nichts besseres eingefallen war, von der *Bosporus* ausgerechnet zu jener vertrackten *Erde* zurückzukehren.

Jules, "meine liebe, ich hatte es ihm selbst geraten."
"War er seiner frau untreu, und du hast ihm ins gewissen geredet?"
"Es gibt noch andere gefahren, vor denen nichts besseres bleibt, als rechtzeitig auszuweichen."
"Du sprichst also doch von einer frau."
"Unsinn, er ist ungebunden."
"Der arme Argo."
"Mr. Lee Hooker", Maharashee ließ nicht ab, seine fragen zum planet *Erde* waren für ihn nicht abgehakt, "haben denn kluge geister der wissenschaften und künste niemals der vernunft zum durchbruch verhelfen können?"
"Philosophen und Enzyklopädisten hatten diese aufklärung begonnen, in einem land kam es tatsächlich im namen der venunft zur überfälligen revolution. Überhitzt aus dem ruder gelaufen. Woher sollten deren verfechter auch darin übung haben, ein *ancien régime* in rente zu schicken, samt dessen verschlungenen verbindungen zum ausland? Der boden auf dem unterwerfung gedeiht ist nun mal nirgendwo so leicht umzupflügen."
"Ich kanns mir denken, vernüftelnde meinungen blockieren jede vernuft. Gaukeleien für die menge."
"Seine subversive kraft hat freies denken nie verloren. Über hundert jahre später hatte ein berühmter bildhauer jenes landes die figur eines grübelnden denkers geschaffen, hockend, auf dem knie einen ellbogen abgestützt, in einer offenen hand sein kinn stützend, sicher noch ahnungslos kommenden infernos zweier weltkriege. Ein gewitzterer künstler hatte später diese grüblerpose in die neue realität zurück geholt, er selbst *denke sowieso mit dem knie*."
Mr. Maharashee, "warum macht der nachdenkliche humor

eines solchen künstlers die menge nicht einsichtiger?"
Lavie, nicht gefragt, doch war sie schneller, "dazu hatte mir Dolores einen film von der *Erde* vorgeführt."
Mr. Peekaboo, "unterbreche ungern, Mr. Maharashee, die geniale wissenschaftlerin Dolores Pasta hat unter anderem den *adrinaliscanner* erfunden, entschuldige Lavie."
Gespannte stille.
Miss Duport, von diesem zuspruch bestärkt, "Dolores hatte mir also diesen film gezeigt, eine selbstironische vision. Ein raumschiff, *Dark Star,* seinem namen gerecht, kreuzte in mission der *Erde* durch die unendlichen weiten des weltalls, reichlich mit bomben bestückt, nicht registrierte planeten aufzuspüren und folglich zu eliminieren, für die besatzung von unendlicher langeweile, bis sie eines tages in der nähe der der Plejaden unterwegs waren."
Lavie genehmigte sich erst einmal einen weiteren Scotch.
"Sie machen's aber spannend", Mr. Maharashee genehmigte sich gleichfalls einen herzhaften schluck.
Lavie, "so kam es, eine dieser bomben machte sich plötzlich selbstständig, weigerte dies als fehlalarm zu akzeptieren, begann zu denken und kam, gegen alle philosophisch fruchtlosen einwände der besatzung zu der überzeugung, verkünden zu müssen, *es werde licht!*"
Jules, "ein lieblingsfilm meines freundes Argo. die ultimative mission künstlicher intelligenz, zukunft der menschheit."
Da gab's nichts hinzuzufügen, gedanken mussten sich neu sortieren, eben ganz so wie nach einem urknall.

"Fast wie eine währungsreform, doch jagt mich nichts so leicht ins bockshorn", Mr. Peekaboo war für die praktische lehre, "und der heutige tag ist mir ein gewinn."
Erstaunte blicke richteten sich auf den multitrilliardär, "will sagen, das *Casino Cythère* wird als nächstes zur bibliothek umgebaut."
"Was so ein urknall alles bewirkt, hätte ich am morgen noch nicht zu hoffen gewagt", Mr. Maharashee blickte erleichtert in die runde, "und welch gute nachricht für die enklave der exilanten auf der *Bospurus*."

Viel war gesagt, man ließ es sacken. Gelegenheit für Lavie noch einen anderen springenden punkt zu bändigen, mit verräterisch betörendem blick zu Jules, "verzeihe dir deine geheimnisse und abwesenheiten."
"Lavie, verdient meinen vollen zuspruch", der entrepreneur hob sein glas, die dritte flasche selters ging zu neige, "irgendwann wird dein freund in einen geschützten hafen einlaufen. Dann weiß ich wenigstens verlässlicher, wo ich Jules finden kann."
"Das sagt ein junggeselle?"
"Warum nicht, wer kann schon alles haben?"
"Heißt es denn nicht, wo geld vorangeht, da stehen alle wege offen?" stichelte Jules.
"Mein freund, dazu kenne ich ein anderes wort, welches sagt, wer gerechtigkeit biegt der bricht sie", das selters stieg Mr. Peekaboo zu kopf, "ganz gleich wie wir's nennen, hauptsache wir verlernen nicht die intuition, kein anfang ohne vertrauen."
Die runde, ob dieses unerwarteten bekenntnisses erstaunt, schwieg, also setzte er nach, "irgendwann wird kontrolle ein fallbeil, ein fall der das leben aller chancen beraubt."
Mr. Maharashee brachte einen toast, "schlage vor, es dürfte ein würdiger name der künftigen bibliothek sein, sie künftig als Peakaboo's Public Poliglot Library zu benennen."
Der vorschlag wurde angeregt aufgenommen, bis Lavie Duport das noch zusammenfasste, "also stoßen wir darauf an, *Pb's Polyglot Library,* Casino Cythère war gestern."

So ging es munter bis visionär weiter und weiter, zu später nachtstunde an- und abebbende gespräche, was sich nach und nach glaubwürdiger literarischer umsetzung entzog. Blicke, gesten, lachen, auf dem tisch irgendwie beschäftigte hände, nachfüllen der gläser, auch verschüttete, all das sind die mit die letzten zu fragmenten geronnenen impressionen, veranlassen den autor die feder beiseite zu legen, die einsame nächtliche stille nun selbst mit einem glas roten genießend.

universal grinder episode XXXIX

kleider machen leute II

Ab hier übernimmt der ghost-narrator um Argo zu entlasten, dem es schwer fiel zu begreifen, was die glocke der neuen zeit geschlagen hatte. Die freiheit vom konsumzwang musste teuer erkauft werden. Wer nichts hatte war reichlich beschäftigt den konsumsoll zu erfüllen.

Das lokal war mittlerweile brechend voll, ein klangteppich gelegentlich überbordend schrillem smalltalk überlagerte die meinungsbekundungen an der bartheke. Argo verhalf das zu leidlicher distanz, eröffnete ihm den entgrenzten raum seiner still vagabundierenden nachdenklichkeit.
Es irritierten ihn auch nicht mehr all die piekfeinen leute um ihn herum. Genau besehen waren sie ja auch gar nicht so steif wie ihre garderobe vermuten ließ, wirkten eher etwas unangepasst, linkisch in ihrer snobistischen kluft. Nur die damen bewiesen ausreichend fantasie, wenn auch etwas altmodisch, immerhin faszinierend lasziv, in aufgemotzten exquisiten fummeln.
Kleider machen leute, aber das schien hier gar nicht so sehr angestrebt. Das ganze glich eher einem kostümball, nur dass Argo den anlass nicht kannte.
Eine gruppe geschniegelt uniformierter, stramm soldatisch, alle hochdekoriert, weit über offiziersrang, hatte sich unter die gäste gemischt, bis einer von ihnen unerwartet mit einer pistole in die luft schoss, was augenblicklich die kostümierte gesellschaft erstarren ließ. Auch Argo stolperte aus seinen träumereien und blickte ungläubig um sich.
Ein gardegenral trat vor, "euch bleibt nur eine wahl, schließt euch gutwillig und beflissentlich unserem widerstand an."
Der alte in Argo's nähe rief laut vernehmbar "oder was?"
"Wer war das?"
"Ich", riefen mehrere gleichzeitig. kurzes schweigen.
"Ich versichere euch, defätisten werden zur gegebenen zeit zur rechenschaft gezogen, lasst es nicht so weit kommen."
Die beiden zuvor an der bar noch wortreichen diskutanten duckten sich, blinzelten hin und wieder verstohlen zu Argo, während die kostümierten stabsoffiziere, kommandeure,

generäle und admirale sich formierten, gäste nötigten ihnen platz zu machen. Einige verließen heimlich das lokal, doch waren von draußen schüsse zu hören, so ließen andere das lieber sein, sich auf diese weise zu verdrücken.

"Also, dann auf zur rekrutierung, nur los, nicht so feige."
"Soldatischer heldenmut ist meine sache nicht", rief einer aus der menge, kämpfe nicht für den machterhalt anderer."
"Wer war das, vortreten!"
Was selbstverständlich niemand befolgte.
"Und was entdecke ich da", ein admiral triumphierend, "sitzt katzendreist einer dieser bonzen, da an der theke", und alle blicke richteten sich auf Argo.
Der hob wohlwollend sein whiskeyglas, sofort stürmten drei der hochdekorierten auf ihn zu, schlugen ihm das glas aus der hand, zogen ihn vom barhocker und führten den kaum widerstreitenden in die frei gewordene mitte des raums.
"Leute, Jetzt beweist mal euren revolutionären geist," rief der admiral, "sagt selbst, was sollen wir mit diesem subjekt anstellen?" Schweigen.
"Ein klassenfeind, also was hat er verdient?"
"Von mir bekommt er einen neuen Bourbon spendiert."
"Wer war das, vortreten!"
Was natürlich wieder niemand befolgte.
Statt dessen trat die aufsässige schwingtür erneut in aktion, "die sektionskommissarin", tuschelte es in der soldateska. Goldene epauletten auf breiten gepolsterten schultern. Die strammen militiärs schlugen masochistisch schmerzhaft die hacken zusammen.
Die eingetretene bahnte sich einen weg an theke, orderte einen Scotch auf eis, nippte einen ersten schluck und trat vor die soldateska, "rühren", blickte in die runde, wieder zu den offizieren, "wie's scheint, eine geisel genommen?"
"Klassenfeind, unverfrorene dreistigkeit sich hier blicken zu lassen. Verehrte sektionskommissarin gestatten sie mir eine strafe zum exempel vollziehen zu dürfen."
"Das *Divin' Duck* ist neutrales gebiet zivilen lebens, schreibt euch das ein für alle mal hinter die ohren."
"Wir gedachten hier zu rekrutieren, unsere sache ist die

einzig wahre, wir erleiden derzeit zu hohe verluste."
"Erlaubt uns nicht, zivilisten zu drangsalieren. Müssen die denn immer wieder an eurer statt als opfer herhalten, ohne jegliches talent zum kämpfen, versteckt euch hinter ihnen?"
Betroffenes schweigen auf seiten der uniformierten.
"Ein hoch auf das zivilisten-sein."
Ein einwurf der großen applaus erhielt.
"Ihr hört es, solidarität friedliebender geister."
"Aber frau kommissarin, was ist nun mit der geisel, ist doch ein einmaliger fang."
Argo wurde nach vorne geschoben.
"Augenblicklich freilassen. Dann geschlossener abzug. Raus in den straßenkampf. Schlagt euch mit denen, die gleichfalls vergnügen daran finden, sich gegenseitig zu massakrieren. Dezimiert einander, das ist euer job."
"Deshalb haben wir ja so hohe verluste."
"Im bett zu sterben wär' doch wohl eine schande für jeden nach ruhm strebenden krieger, sein heroisches opfer wird später auf einer gedenktafel verewigt. Ist das nichts?"
Die generäle, admirale und oberste, wirkten ziemlich neben der spur, dennoch, die ganze bagage verließ das lokal.

Lucy zog den gleichfalls desorientierten Argo mit sich zurück an die bartheke, "bist du denn ganz von sinnen in diesem aufzug hierher zu kommen, welcher leichtsinn."
"Sag mal, habe ich mich in der zeit geirrt?"
"Eine bessere ausrede hast du nicht? Wieder mal deine ansicht der dinge, war immer schon etwas ausgefallen und daneben, lassen wir's gut sein, ich mag's sogar."

Das personal hinter der bar, zeigte sich erleichtert über die wendung der ereignisse. Der für Argo zuständige barkeeper stellte eine flasche Bourbon auf die theke, ein behälter mit viel eis, und nickte ein beifälliges, "zum wohl."
Die disputanten der bartheke prosteten ihnen freiheraus zu.
So hielt die freigeistige stimmung des *Divin' Duck* wieder oberhand, wie Argo es gewohnter weise erwartet hatte.

Alsbald ließen der abend und die nacht die zeitumstände in vergessenheit geraten, die intimitäten des lebens weben

nur im fließenden jenseits ephemerer machtgefüge.
Die welt, die natur, der kosmos, unablässig im wandel, auch wenn der sternenhimmel uns diesbezüglich was vortäuscht. Daher rührt leider der glaube an ein ewig göttliches prinzip. Ob der urknall eine singularität bedeutete, selbst das wurde längst angezweifelt. Eigenmächtig den wandel mit gewalt beschleunigen, eigensinnig zu reglementieren, heißt abirren vom einklang mit der natur, abirren vom weg des Dao, der erfahrung unendlicher vieldeutigkeit offenbarer einheit.
Kung-tse war der ansicht, das menschliche leben hätte sich dem anzupassen, und nicht umgekehrt.

ausklang im verlagsbüro

"Wu-wei, einerlei", bekundete der Sh'rat, nachdem Kleiner Tellerrand ihm das manuskript dieser episode vorgelesen hatte. Seine halb geschlossenen augen verrieten nicht, ob er gedachte seine gedanken unter Morpheus mäntelchen weiter zu spinnnen.
"Nun ja", setzte der Brunnenfrosch nach, " soweit ich weiß, und du weißt, lieber Sh'rat, dem Argo fehlt das talent zum praktischen handeln nach klaren maximen. Zum beispiel als streiter für die gerechte sache, dunklen mächten trotzend. Das brächte wenigstens mal spannung und nervenkitzel. Ich weiß wohl, unser autor tut sich darin sehr schwer, dies mit hilfe der rollenteilung von gut und böse zu steigern."

Die bürotür wurde einen spalt geöffnet, Effie Périnée linste herein, "möchte heute gerne früher gehen dürfen, Lucy würde mich vertreten, sie ist schon da."
"Ist sie alleine gekommen?"
"Zur gleichen zeit auch Jules Lee Hooker."
"Schicke beide herein, und am besten du versorgst uns mit mit deinem gut bestückten getränkewagen, bitte."

Jules war Effies wegen gekommen. Der schwerenöter baute sicher auf die sichere distanz zwischen *Erde* und *Bosporus.* Nun musste er sich das lamentieren des verlegers anhören, die alte leier, Argo käme einfach nicht aus den puschen. Er gedachte diese kuh endlich mal vom eis zu holen.

"Was würde dein mentor Chuang-tzu davon halten?"
"Er ist nun mal nicht der autor."
"Doch wissen wir, welch dummdreister haufen winzhirniger abenteurer die argonauten waren, ist denn Argo seinem namen verpflichtet?"
Kleiner Tellerrand, kleinlaut, "mein mentor würde sagen, der name ist doch nur der gast der wirklichkeit."
Ein moment des schweigens.
Lucy, "ja habt ihr sie noch alle?" und zu Jules, "Lavie lässt dich grüßen", ahnte um seine verlegenheit, weiter zu ihrem anliegen, "zum beispiel meine freundin Effie, froh sich nicht mehr im chaos eines umtriebigen privatdedektiven über wasser halten zu müssen. Solche coolen typen waren von ihren fällen notorisch überfordert, ihren kopf zwar immer wieder aus der schlinge ziehend, die gerechtigkeit siegte sowieso auf eigenen wegen, nichts mit honoraren. Effie wurde es schlicht und einfach nur nervtötend, heilfroh dem entronnen zu sein. Also bitte keine experimente mit Argo."

Die bürotür, sowieso nur ein wenig angelehnt, sie öffnete sich nun ganz, "darüber bin ich mir auch mit Lucy einig", Effie sah keinen grund so zu tun, sie hätte nicht mitgehört, ließ Jules schmoren, "also auch meine ansicht, Argo, und das fach wechseln? Müßiggänger reicht, " eine kurze pause, "und du Jules, wünschst du ihm denn auch größeren appetit auf abenteuer?"
Der verstand solcherlei elegant zu überhören, "im moment weiß ich nichts hinzuzufügen", eine weitere ablenkung, "es sei denn der Sh'rat hat noch einen vorschlag, wie das ganze doch noch mehr fahrt aufnehmen könnte."
"Es ist so wie's ist", bekundete der Sh'rat, mit großen augen als blickten sie aus weiter ferne, "aber mit Effie als meine sekretärin, ein eigenes verschlafenes dektektivbüro, das ließe ich mir gefallen. Wir würden mysteriöseste fälle auf's bequemste zur lösung führen, wie im schlaf, uns selbst genügend, und doch, uns entginge kein honorar, wu-wei."
Alles vorher erörterte war vom tisch.
Lucy, "leider hat Effie jetzt eine andere verabredung, aber es gibt ja auch noch Lavie Duport, lieber Sh'rat, wie wär's?"

universal grinder episode XL

beware the profiteroles
ankunft im golfhotel

"Willkommen Mr Peekaboo Junior, ein lang erhofftes glück, sie auf dem stammsitz ihres vaters persönlich begrüßen zu dürfen. In der kürze der zeit habe ich mein bestes versucht, alles für einen ihnen angenehmen aufenthalt herzurichten."
"Gewiss, mein dank, Herr Martin." Er ließ seinen blick durch die eingangshalle des golfhotels schweifen, war er doch seit seiner jugendjahre niemals an diesen ort zurückgekehrt.
François Gaspard-Martin, der vollständige name des schon betagten verwalters, "aus ihrer juegendzeit erinnern sie sich natürllich an herrn Martin, mein schwiegervater, von ihm übernahm ich die leitung des anwesens. Zu der zeit hatten sie sich längst, wie es hieß, von dem hinterwäldler planeten *Rho* verabschiedet."
"An den gutmütigen alten herrn und seine erwachsene tochter kann ich mich gut erinnern, ihre spätere frau?"
"Ja, sie hat vor mir dem zeitlichen den rücken gekehrt."
"Mein beileid, Herr Gaspard."
Sie gingen ein paar schritte durch die halle, jahrzehnte des leerstands hatten kaum spuren hinterlassen, Mr. Peekaboo schien angetan, "mein kompliment, alles so betulich instand gehalten, dieser charme einstiger noblesse ist immer noch gegenwärtig."
Gaspard-Martin freute sich sichtlich über die zustimmung, "in aller bescheidenheit, unbelebt bleibt's glanzlose patina", den anflug von wehmut gleich wieder abschüttelnd, "was rede ich, für ihren aufenthalt soll's dieser tage an nichts mangeln, begeben wir und doch an die bar."
"Diese umsicht hätte ihnen mein vater besser gelohnt, für meinen durst gibt's nichts anregenderes als ein selters."
Ein mann mit prinzipien, dachte Herr Gaspard und schwieg. Mr. Peekaboos besuch auf dem planeten seiner kindheit bedeutete diesem keine sentimentale heimkehr. Ihn drückte die frage, was überhaupt noch anfangen, mit den hiesigen

ungenutzten, verwaisten hinterlassenschaften seines schon lange verstorbenen erblassers? *Rho* war, ohne wenn und aber, ein rückständiger planet, vom zug der zeit abgehängt.
Während beide weiter in höflicher konversation fest hingen, traten Jules, Lavie und Dolores in die halle. Der Junior hatte für diesen ausflug in die vergangenheit auf deren begleitung großen wert gelegt.
Erneutes einander bekannt machen.
Dem verwalter wurde es sofort wohler, nun weniger im focus des geprächs. Dessen hinweis auf die ausstattung der bar hatten die drei beim eintreten nicht überhört, zielstrebig fanden beide damen den weg durch die lounge.
Mit gemessenem abstand folgten die herren, weiterhin in n höflich tastende gespräche verstrickt. Gaspard-Martin, aufmerksamer hausherr, er entschuldigte sich, folgte den damen, sie nach ihren wünschen fragend.
"Ein glas karottensaft, sie sollen sich nicht umsonst so viel mühe gemacht haben", Lavie Duport zögerte, dann etwas leiser, "ein kleiner schuss Scotch vielleicht? Auch wieder nicht zu klein, sie verstehen?"
"Schließe mich dem an", fügte Dolores Pasta erleichtert hinzu, "und wenn möglich mit etwas eis?"
Gaspard-Martin sprach mit einen hinzugekommenen kellner, instruierte ihn leise, "selters für den Junior, die damen bevorzugen einen doppelten Scotch, eis und einem schuss karottensaft", blickte zu Jules, "und sie Herr Lee Hooker?"
"Schließe mich den wünschen der damen an, verzichte aber gerne auf den karottensaft."
Mr. Peekaboo zog es vor, mit dem verwalter, "und auch du Jules", sich in breiten ledersesseln der lounge bequem zu machen, "so bleiben wir etwas weniger abgelenkt."

Die damen blieben an der bartheke sitzen, mit dem jungen kellner Maxime fachsimpelten sie über *mixed drinks,* oder manches doch besser pur und jeweils gemäßer temperatur.
"The proof of the pudding is the eating", wenn Dolores das sagte wog das doppelt, die renommierte physikerin, ihre praxis der *falsifikation,* der probe aufs exempel, bedingung

allen wissen schaffens, "intuitionen inklusive", derer, so ihre ansicht, unbedachter weise nur die dichter, musiker und die künste im allgemeinen so gerühmt werden.
Die gespräche der herren blieben dröge, wenig anregend, Der von Mr. Peekaboo Junior angemahnte wille zu besserer konzentration ließ zu wünschen übrig.
Herr Gaspard, bemüht, mit erinnerungen an Mr. Peekaboo Seniors zeiten anzuknüpfen, der trinkfest, bei einer guten flasche wein schon mal alle fünfe grade sein lassen konnte, mancher apfel fällt oder rollt eben doch weit vom stamm.
"Ich gestehe, bin nicht hier, spuren vergangenem zu folgen, sondern meinen visionen."
"Und die wären?" eine etwas verzagte rückfrage.
"Die visionen müssen sich erst noch einstellen. Das hoffe ich doch. *Rho*, hoffnungslos rückständig, kann mich meiner herkunft nicht gerade rühmen."
"Ihr vater hat hier sein imperium gegründet."
"Meine aktivitäten finden in anderen dimensionen statt."
"Der einfallsreichtum ihres vaters, seinen betuchten gästen das besondere zu bieten, trumpf im ärmel, gesellschaften und tagungen wurden legendäre erfolge nachgesagt, zur entspannung golfen, waldspaziergänge, rudern und fischen auf dem see, eine atmoshäre für persönliche kontakte und immerhin, im abgeschotteten hiersein gewahr zu werden, wie sehr der trott der geschäfte sie vom leben abgesondert hatte."
"In allen ehren, sie geraten ins schwärmen Herr Gaspard. Der alte hatte hiermit etwas für eine nostalgische klientel der geschäftwelt geschaffen. Meine kunden sind touristen, verwöhnt, der kitzel des außergewöhnlichen abenteuers, extreme gefahren, die natürlich mit einer *zahnlosgarantie* abgefedert werden."
"Unverblühmt gefragt, sie beabsichtigen zu verkaufen?"
"Schön wär's. Aber Interessenten auf *Rho*? Ausgeschlossen, bauern und hinterwäldler. Wiederum leider nicht urweltlich genug, für reisen in zeiten mit exotischer flora und fauna zu werben zu können."
Maxime versorgte beide weiterhin mit selters. Seufzend und

leidend blickte der verwalter zu Lee Hooker, sich entspannt seinem Scotch widmend, oder hinüber zu den damen an der bar. Die würden die runde schon etwas aufmischen, und ihm wäre einiges wohler. Diese kurze gedankenflucht wurde abrupt vereitelt.
"Wie sieht's denn mit dem waldmotel meines vaters aus, am ende der, für diesen zweck angelegten privatautobahn? Wenigstens jenes gelände könnte doch einen bauern aus der stadt interessieren, der sowieso äcker und wiesen in der nähe hat."
"Die zeit hat dort fakten geschaffen, die üppig wuchernde natur eroberte sich recht zügig verlorenes terrain zurück. Das golfhotel, das gepflegte grün und das gelände bis zum see, sind zu einer insel geschrumpft. Mit dem hubschruber werden die notwendigen besorgungen in *Rhodan* erledigt."

Endlich gesellten sich Lavie und Dolores den dreien zu, mit getränken gut versorgt, Maxime stellte weiteres auf dem couchtisch ab. Und auch, was lange währt wird endlich gut, Mr. Peekaboos spröde distanz bröckelte, er geriet langsam doch ins fahrwasser der erinnerungen, "soweit ich weiß war ein Mr. Icebat für den betrieb des motels zuständig."
"Der senior, nicht lange nach ihrem vater auch das zeitliche gesegnet, das nutzlos gewordene motel wurde aufgegeben. Mit instandhaltung war's nie weit her."
"Hatte der alte Icebat nicht einen sohn?"
"Allerdings, ihr dürftet einander gekannt haben. Norman Icebats verbleib hat sich irgendwo im nirgendwo verloren. Die leute in *Rhodan*, halten sich in allem bedeckt, nur vage gerüchte. Der Trutzwald, die gesamte umgebung gilt den leuten als verwünscht und ist ihnen tabu."
"Ja ja die fantasie schlichten bauernvolkes, wald hat ohren, feld hat augen", erstmals dass Jules sich äußerte.
"Und nicht zu vergessen, im wald da sind die räuber. Das *Wirtshaus im Spessart*, ein lieblingsfilm meiner kindheit, ein import von sonst wo her", gestand der multitrilliardär.
Herr Gaspard, "der Trutzwald dient *Rhodaniern* als deponie all ihrer ängste, das treibt die sonderbarsten blüten."
Dolores, "tulpen aus Amsterdam."

Jules, bas erstaunt, "solches habe ich die leute auf der *Erde* sagen hören, kompliment, universales wissen."
Lavie schob derweil Monsieur Gaspard-Martin heimlich einen *Bourbon-Aperol mix* hinüber, "Maxime weiß was ihnen gut tut, auf's wohlsein also."
Die stimmung gewann zunehmend beschwingteres, leichter gewichtetes. Mr. Peekaboo zeigte sich großzügig und zu Maxime, "stellen sie doch einfach die ganze flasche selters auf den tisch."
Bald blieben dem auf visionen fixierten keine ausflüchte, sich seiner kindheit erinnerungen weiter zu verschließen. Was anfangs ins leere gelaufen war, Monsieur Gaspard-Martin verstand nachzuhelfen. War mit Icebat Senior selbst noch gut bekannt, und manches veranlasste Mr. Peekaboo vergnüglich zu lachen. Er leistete sich sogar eine dritte flasche, hob sein glas, "eine gute entscheidung hier nach dem rechten zu sehen", er verspürte in etwas einzutauchen, was ihm lange gefehlt hatte, und das lebte nun in ihm auf. Er erinnerte sich, "ich zog mit Norman im altweibersommer los, versuchten mit schmetterlingsnetzen die fliegenden spinnen mitsamt ihren gespinsten zu fangen, ja nicht nur das, wir dachten sogar den wind zu fangen und mit dem netz zu boden zu drücken."
"Und?", wollte Dolores wissen.
"Ja, die maschen de netzes waren wohl zu grob."

Schließlich schien es allen an der zeit, besonders den vier angereisten, wohlverdient sich zur nachtruhe zu begeben.
"Und für morgen?" wollte der verwalter wissen.
"Was uns der tag anträgt."
Ob dieser antwort des Juniors, überrascht fragende blicke seiner begleiter, der noch einen draufsetzte, "also sehen wir uns zum frühstück, lege ausdrücklich keine betonung auf ein *früh*."
Tja, wer sollte dem nicht zustimmen?
Auch der leser mag sich von der lektüre erholen, sie ganz nach eigenem gutdünken wieder aufnehmen, oder lassen.

        nach wenigen seiten geht die sache munter weiter

aus dem alltag eines buchverlegers

eine persönliche frage I

Wie es sich so fügte, eine etwas spät erfolgte weisung des Brunnenfroschs an frau Périnée, ein treffen im verlagsbüro abzusagen, nun zwei überpünktliche, Mr. Peekaboo und der autor unter sich blieben, immerhin von Effie fürsorglich mit getränken bewirtet. Den wartenden posteingängen in der schreibtischablage blieb eine frist gewährt, aufschub einer unheilvollen seereise als papierschiffchen.

Mr. Peekaboo lehnte sich in seinem couchsessel behaglich zurück, "eine persönliche frage, sie schreiben das drehbuch, führen regie, unbestritten, doch inmitten all der beteiligten freaks sehe ich mich auf das rollenklischee eines financiers, in diesem fall als mäzen eines buchverlages reduziert."
"Sollte ich den geschäftsmännischen visionär mit einer auf ihn wartenden, ihn liebenden familie ausstatten, oder ihm, gleich einem Mr. Hide eine zweite natur andichten, die nach und nach ihren weg ans tageslicht bahnt? Beides klischees."
"Miss Haven hat mir schon eines unterstellt."
"Ja, aus ihrer sicht bekommt ihre selters gewohnheit etwas suspektes. Eine kateridee die sich ihr da aufdrängt."
Mr. Peekaboo, mit einem blick auf den leeren sessel hinter dem schreibtisch, "und dann der verleger mit seiner leicht verklärten vergangenheit, woher aber die referenzen für die praxis eines klugen wirtschaftens?"
"Immerhin eine literarische vergangenheit. "
"Aus einem verstaubten klassiker, da steckt heute niemand mehr seine nase zwischen die seiten."
"Ist darin was anrüchiges? Ohne werke der vergangenheit, gäbe es keinen boden für neues. Ein chinesisches prinzip. Der in solchen studien gebildete wird niemals gefangener in den grenzen seines amtes."
"Dolores Pasta hat mir viel von *Chuang-tzu* erzählt. Wäre sie nicht eine überzeugende und mit vielen ehrungen ausgezeichnete wissenschaftlerin, ihren zuspruch zu dieser

chinesischen literatur hätte ich längst als unsinn abgetan."
"Na also, gibt ihnen doch zu denken."
"Zuletzt kam frau Pasta mit einer frage, der bis heute eine klarstellung ausgeblieben ist."
"Zögern sie nicht, würde gerne mehr erfahren."
"Sie wollte von mir wissen, wie ich das sähe, wörtlich, *ist es der geist des geldes der sie verführt, oder beschwören sie das geld als eine ihnen wohlmeinende macht*, da es *ohne diese religion*, so nannte sie das, *ansonsten wertlos wäre*."
"Wozu neigen sie, das zu entscheiden?"
"Das geld war vor mir da, hab's von meinem vater geerbt, bin dem verpflichtet, wäre es auch ohne diesen vorschuss."
"Zwei seiten der medaille haben nichts gut und schlecht zu tun, denn darüber hinaus, es gibt so viel mehr ebenen der betrachtung, das haben sie gerade selbst bewiesen."
"Ich befürchte, es läuft mal wieder alles aufs philosophische hinaus."
Effie Périnée öffnete leise die tür, "unser chef ist soeben unten in der halle eingetroffen und freut sich zu hören, dass sie beide noch anwesend sind."
Mr. Peekaboo atmete hörbar auf, zurück in der realität, es würde wieder etwas lebendiger werden, weniger blutleer.

Der Brunnenfrosch erbat, in das unterbrochene gespräch einbezogen werden.
Der autor übernahm das recht und schlecht.
Kleiner Tellerrand, "Also werde ich mit der nacherzählung einer episode aus dem erwähnte buch des *Chuang-tzu* antworten, keine sorge, nichts abstraktes."

Da jeden moment nun doch noch weitere zu erwartende gäste eintrudeln könnten, schien es angeraten diese fabel auf spätere zeit und seiten zu verschieben, manchen lesern wird das auch recht sein und tatsächlich, mit dem eintreten des einstigen reiseschriftstellers Jules Lee Hooker war der aufschub besiegelt.

> doch wem diese unterbrechung quer liegt,
> auf seite siebenundachtzig geht die sache weiter

beware the profiteroles
frühstücksgespräche

Ein gedanke, noch fragil und ungeschieden, das dünne eis eilfertiger meinungen meidend, bittet die lebenskunst ihm zeit und ort für seine reifung zu gewähren, dass nicht zu guter letzt der zeitgeist ihn aufstöberte.
"Also", erklärt die lebenskunst, "mein guter rat, von eule und lerche gleichermaßen lernen."
"Du willst sagen, beide schätzen im tageslauf die zeiten des schwindenden oder des erwachenden lichtes?"
"Gleich dem morgen-, oder auch abendstern, der sich der hast und eile des tagewerks entzieht. Bleib' also auf dem quivive und dabei möglichst ohne tun."

Zur frühen stunde der lerche, im noch ruhig daliegenden golfhotel auf dem planeten *Rho*, als erste auf den beinen, Dolores und Lavie, bestens aufgelegt, einzustimmen in des tages morgendlich beschwingte ouvertüre.
Einladend, im frühstücksraum ein gedeckter tisch. Zum teil geöffnete gläserne flügeltüren zur terrasse, taufrische luft wehte herein. In ersten sonnenstrahlen erwachend, glitzerndes grün weich ondulierter landschaft mit ihren golfbahnen, täuschende horizonte, den raum zur kulisse geschrumpft.

Die beiden frauen standen auf der terrasse. "Schon gestern, mein erster eindruck, die ätherische luft hier auf *Rho* transportiert mehr inspirierende düfte denn das licht uns farben gaukelt." Zustimmendes nicken seitens Lavie.
Auf auf dem rasen schneetupfer kleiner weißer blüten, von leichtem windhauch lautlos herangetragen, in langsamen wiegetanz zu boden gleitend.
Dolores hob eine auf, sog ihren duft ein, hielt sie ihrer freundin hin. "Meine liebe, ein solches parfüm auf ein flakon gezogen, geheimnisvolles versprechen, paradiesisch."
Sie nahmen einige blüten mit nach drinnen und dekorierten

den frühstückstisch. Inzwischen stand, auf sie wartend, ein serviermädchen bereit, und wie gewünscht war auch gleich tee und kaffee zur stelle.
In die stille drängte sich der rotorenlärm eines auf dem rasen landenden hubschraubers. Er wurde entladen, vom verwalter beaufsichtigt, es gab gespräche mit seinen leuten, bis dass dieses lärmende insekt wieder abhob, so wie gekommen, vom blau des himmels wieder verschluckt.

Wenig später gesellte sich herr Gaspard zu ihnen und nahm am frühstückstisch platz, "die damen haben mehr zuspruch verdient, als meine bescheidene anwesenheit", blickte auf die zwei freien plätze und schmunzelte, "Lee Hooker ist mir allerdings draußen schon begegnet, ging zum see hinunter. Nur unser allseits verehrter entrepreneur lässt sich zeit, ist ein gutes zeichen, möchte sagen, visionen mit erinnerungen abzugleichen gibt plänen erst die richtige substanz."

"Die reine luft hier lässt angenehm tagträumen", bestätigte Lavie Duport und legte eine hand auf die ihrer freundin, und flüsterte ihr zu, "bleib unbesorgt, eifersucht passt nicht zu meinem Jules."
Die damen wünschten einiges über Rho zu erfahren. Es gab weniges zu erzählen, siebzehnter planet in nachbarschaft zu *Pi* von dem sie angereist waren. Auf *Rho* war *Rhodan* die einzig größere stadt, sitz der verwaltungen, des handwerks und marktplatz für die bauern der wenigen dörfer. Die meisten leben im schutz der stadt. Alles in allem sehr betulich, "ohne industrie und exportwirtschaft ist dieser planet dem vergessen anheim gefallen", und dann Dolores zugewandt, "immerhin noch anders als *Epsilon* und *Iota* deren vorhandensein euch wissenschaftlern ja nicht einmal klar bestimmbar ist."
Nachdenklich betrachtete er die tischdekoration, hielt sich eine blüte vor die nase, "Ja, je nach wetterlage und wind, heute schneit es regelrecht, mache mir schon manchmal meine gedanken darüber."
Dolores und Lavies neugier ließ nicht locker.
"Was soll ich sagen? Doch kann's ihnen nicht abschlagen."

Gaspard nannte es des alten Peekaboos besonderen stolz, eine eigens angelegte autostraße, vom golfresort hinauf zu seinem motel am rand des waldes. Alles exklusiv für das wohl seiner gäste, die diese abwechslung sehr schätzten. "Das war einmal, die natur lässt sich nie lange bitten. Einzig verschont geblieben, dieses golfhotel im dornröschenschlaf, und für den Junior scheint mir der ganze planet *Rho* wie aus der zeit gefallen."
Dolores schien eine klarstellung wichtig, "die probleme mit *Epsilon* und *Iota* sind astrophysikalischer natur. Wo sonst gibt es das, ein system, das 24 planeten auszubalancieren hat? Die auf *Rho* so scheinbar stehengebliebene zeit wäre eher von soziologischem interesse."
Miss Dolores Pasta's wissenschaftliches renommé war herrn Gaspard-Martin nichts neues, verstand das mit mit galanter verbeugung zu würdigen.

Bald darauf gesellte sich Mr. Peekaboo Junior zu ihnen, ein verschmitztes lächeln, stellte einen kübel mir einer flasche sekt auf den tisch, "geht auf's haus, fürs warten, als verlängertes frühstück, aber wo bleibt denn wieder einmal unser Jules?"
"Schon unterwegs", Lee Hooker trat von draußen über die terrasse herein.
"Ja dann," der Junior öffnete elegant geräuschlos die flasche sekt", gläser waren schon bereit gestellt, "auf den gesunden schlaf der ersten nacht auf *Rho*."
"Das besondere duftbouquet von *Rho*", ergänzte Lavie und zeigte auf die blumendekoration, blickte dabei fragend zu Herrn Gaspard.
"Nur geduld meine damen."
Nach dem frühstückssekt und -selters, gingen die fünf über die terrasse nach draußen. Unübersehbar das teilweise weiß blütengesprenkelte grün der rasenflächen.
"Was ist denn das für eine bescherung", wobei dem Junior dieses schauspiel wohl eher faszinierte.
"Sir", herr Gaspard griff das auf, "ihre verwunderung wird von beharrlich überlebenden gerüchten in *Rhodan* noch weit übertroffen. Und was sie inrteressieren dürfte, nicht wenige

verbinden dies phänomen mit dem vermeintlichen schicksal des verschollenen Norman Junior."
"Der sohn vom alten Norman Icebat?"
"Ja natürlich, ihr jugendfreund, wer denn sonst?"
"Sie fragen mich? Erzählen sie schon." Worauf ja auch die beiden damen schon längst warteten.
"Vor über zwanzig jahren soll ein unbekannter, wie aus dem nichts in der stadt aufgetaucht sein, ging schnurstracks aufs kommissariat, gedachte ein vermeintliches massaker zur anzeige zu bringen, hätte sich im einstiegen motel ereignet. Die identität dieses mannes zu klären schien erst einmal wichtiger, doch ehe es dazu kam, der kerl war und blieb wie vom erdboden verschluckt. In folge dessen bekamen alte legenden über den Trutzwald neue nahrung, umtriebige hinterhältige geister, sogar todbringende schmetterlinge. Gruseligen märchenphantasien sind keine grenzen gesetzt. Niemand in *Rhodon* sah sich zuständig, die vielen gerüchte nun doch mal vor ort zu überprüfen. So wurde das unter den teppich des gewohnten nicht wissen wollens gekehrt", der verwalter beschloss seinen vortrag, "das zur einführung in die heimische folklore."
Mr. Peekaboo, "dann sehen wir doch später mal dort oben nach dem rechten."
Ob der multitrilliardär mal wieder ein geschäft witterte, eine vision touristischer attraktionen, oder regte sich in ihm eine abenteuerlust, gepaart mit kindheitserinnerungen?
Das war jedenfalls mehr als der grauhaarige Gaspard in seinem leben jemals noch zu erhoffen wagte. Nach dem tod von Mr. Icebat Senior, freund seines schwiegervaters, den er selbst leider selbst nie kennenlernte, nach so die vielen jahrzehnten des ungeklärten, nun dort nach dem rechten zu sehen, was konnte er sich mehr wünschen.

Die gelöste stimmung dieses morgens behielt die regie, die fünf spazierten best gelaunt über den rasen des golfplatzes hinunter zum see, verweilten am anlegesteg, eingemottete boote waren ans ufer gezogen. Danach ging es an die vorbereitungen für den ausflug zum einstigen motel.

aus dem alltag eines buchverlages

eine persönliche frage II

Wir erinnern uns, der Brunnenfrosch war im begriff Mr. Peekaboo eine fabel seines mentors *Chuang-tzu* vorzutragen, das wurde vorerst durch das eintreffen von Jules Lee Hooker aufgeschoben, statt dessen an dieser stelle nachgeholt.

Der Brunnenfrosch:
"Während der jährlichen herbstfluten reist der flussgeist *Ho* stromabwärts, von sich und der macht, die er über die welt an seinen ufern verfügt, überaus eingenommen. So erreicht er das Nordmeer, dessen unfassbare größe sich seinem blick in unermesslicher weite entzieht. Der flussgeist *Ho* erkennt wie sehr seine selbstgefälligkeit ihn bislang genarrt hat, und er bittet nun den geist des Normeeres *Zo*, ihn aus seiner unwissenheit zu befreien.
"Ist es so dass die dinge von außen oder in sich bestimmt sind, und wie kommt es dass wir unterscheiden, zwischen bedeutsam oder gewöhnlich, zwischen groß und klein?"

Der Nordmeergeist *Zo* anwortet:
"Wenn wir das im licht des Dao betrachten sind sie weder wertvoll noch gewöhnlich. Aus sich selbst betrachtet, denkt ein jegliches es sei besonders, wähnt sich herausgehoben. Die dinge im licht allgemeiner ansichten betrachtet, wertvoll oder gewöhnlich wird ihnen angedichtet."

Der Brunnenfrosch, nach einer pause, "nur soweit", blickte zu Mr. Peekaboo, und ergänzte, "der wert des geldes scheint mir auf tönernen füßen gegründet. Aber betrachten wir es im licht des Dao, Mr. Peekaboo, die finanzierung der *pb's poliglot library* schafft zum beispiel einen gut begründeten wert, einen stetigeren denn alle bösenkurse, und so was soll ihnen erst einmal jemand nachmachen."

Mr Peekaboo wirkte bas erleichtert. "Ohne deine worte, die fabel alleine hätte mich auch nicht viel klüger gemacht."

universal grinder episode XL

beware the profiteroles
nature is a cheating gambler

Mit ausnahme des golfhotel areals, hatte sich in vielen jahren eine unbändig wuchernde wildnis ungehindert aller weiteren bereiche der Peekaboo besitztümer bemächtigt, so auch das areal des einstigen golfhotels, zu dem eine großzügig angelegte autostraße führte.

Gaspard-Martin gelang es seine gäste zu überrraschen, fuhr mit einer museumsreifen, glänzend gepflegten Rolls Royce limosine vor, "machen sie es sich nur bequem", und schon starteten die ausflügler in den heiter gestimmten morgen. Doch bald wurde die straße für die weiterfahrt unpassierbar, mussten sich für den rest des weges zu fuß durchschlagen. Auf abenteuer vorbereitet, hatten sie zum glück an alles gedacht, und ihre rucksäcke entsprechend bestückt.
Zur vorsicht hatte herr Gaspard den hubschrauberpiloten in bereitschaft gesetzt, sollten sie nicht am späten nachmittag wieder zurück sein, würden sie abgeholt werden. "Wenn die uns in dieser wildnis überhaupt finden", stöhnte er nun. "ist ja wie eine expedition durch den dschungel, und das ohne macheten."
Doch an dieser unternehmung war gerade ihm viel gelegen. Er und der junge Peekaboo folgten langsam dem pfad, auf dem die beiden frauen ihnen voraus waren, ganz abgesehen von Jules, von dem schon längst nichts mehr zu sehen war.

Ihre ferien von der *Bosporus* beflügelte Lavies fantasie, "in dieser exotischen wildnis werden wir wohl eher versunkene tempelruinen entdecken, denn reste eines vor jahrzehnten aufgegebenen motels."
Dolores bewegtem andere gedanken, "geliebte Lavie, stell dir vor, wir entschlüsselten die spiritualität dieses duftes, seine chemie, destillierten ein neues parfüm, uns fehlte nur noch ein geheimnisvoll klingender name."
"*Paranté du choix*."
"Gelungen, Bäumchen, bäumchen wechsle dich."
"Na du weißt ja, mir liegt aber auch viel an Jules."

Mittlerweile öffnete sich vor ihnen eine lichtung, bislang war der fahrweg nur erahnbar, hier aber definitiv endete. Vor ihnen eine breite fläche, vielleicht einstmals der parkplatz des motels, von üppiger vegetation überwuchert, spärliche mauerreste, großteils von dornigem gestrüpp überzogen, lärchen und fichten waren als neue mieter eingezogen. Zu einer seite hin deutete sich der anstieg zum angrenzenden Trutzwald an. Zwei stoisch tranige geier flogen auf, sich in der nähe sofort wieder niederlassend.
"Faule bande", rief Lavie ihnen hinterher.
Die floralen duftgenüsse gewannen nochmals an ätherischer reinheit und dichte. Und beide frauen wurden auch erster pflanzenstauden mit geschlossenen kleinen schneeblüten ansichtig, die aus dem übrigen bewuchs herausragten.

Mr. Peekaboo und Gaspard-Martin kamen hinzu, entledigten sich ihrer rucksäcke, der ermüdend lange fußweg forderte seinen tribut. "Da sind wir also", der alte verwalter wirkte enttäuscht, "hoffte mehr vorzufinden, der zahn der zeit hat ganze arbeit geleistet."
Mr. Peekaboo, "machen wir es uns bequem, werden die dinge bald in einem anderen licht sehen." Erstaunte blicke beider damen, hatte der sich vom Sh'rat *coachen* lassen?

Einige niedrige mauerreste deuteten vage auf den einstigen grundriss des motels, wo sie standen mochte sich die lobby befunden haben, und dort rasteten sie fürs erste.
"Wo nur Jules bleibt, lässt sich wie immer zeit, oder gar auf abwegen", monierte der Junior, "mit nichts kommt man zu nichts. Was für ein trödeljahr." Doch schon vagabundierten seine gedanken in ganz anderen gefilden, leise vor sich hin sortierend, dem leser soll das nicht entgehen, "die sache hat doch ihren reiz. Abenteuerausflüge vom golfhotel aus, in den rachen einer gefahrvollen wildnis, nur wenige requisiten nötig, eine urweltliche klangkulisse, flappende geräusche der flügel kreisender flugechsen, brunftschreie winzarmiger saurier, und exotische düfte runden das ganze ab."
Neben ihm, eine schneeblüte öffnete sich kurz, als wolle sie einen kommentar abgeben, sich aber sogleich wieder in

ihren schlummer zurückziehend.
Die beiden damen nutzten die siesta der herren, eigene wege zu gehen und machten sich bergauf zum wald. Bald erreichten sie den *mondblumenacker*, der leser hat den beiden an ortskenntnis ja einiges voraus.
Lavie, "ein gottesacker, fehlt nur die kleine kapelle."
Doch Dolores, sofort den pflanzen zugewandt, "ist das nicht bemerkenswert, diese hochgewachsenen stauden auf ihren grabähnlichen parzellen und obwohl noch geschlossen, die enorme größe der schneeblumenblüten hier oben."
"Eine stille, als hielte der tag den atem an, so ganz wohl ist mir hier nicht", beteuerte Lavie.
Dolores war nicht aufzuhalten. Sie entdeckte ein feld mit einer anthrazitfarbenen marmorplatte versehen, schwer zu entziffern, *somnia alba renatus sum*, darunter, *in ewiger Reue, dein Sohn.*
"Sieh doch nur Lavie, der *weisse traum*, bild der unschuld oder auch vergebung. Ob Gaspard nicht doch ahnt, welche dramen haben sich hier ereignet haben?"
Während sie umhergingen, hier und da stehen bleibend, auf stauden in ihrer nähe drehten sich die weißen blütenköpfe mit gewisser heimlicher aufmerksamkeit ihnen zu.

Urplötzlich ein moment des erschreckens, jemand musste der nähe sein, zum glück eine vertraute stimme die dem spuk ein ende bereitete. Es war Jules, der nun um eine ecke dieses irrgartens auftauchte, "hier seid ihr also, ist das nicht ein interessanter ort? Stellt euch nur vor, wie viel größer die blüten hier sein mögen, wenn sie sich erst einmal öffnen."
"Hat mir auch schon zu denken gegeben", gestand Dolores, "dürften riesigen faltern gleichen, um zigfaches größer als die am morgen auf dem rasen verendeten blüten."
Lavie wollte von Jules erfahren wie's unten an der ruine des motels aussieht, "haben Gaspard und der Junior ihre siesta beendet?"
"Wie kann ich's wissen? Hatte mich direkt zum waldrand hin orientiert, ihr seit die ersten die ich nun wiedertreffe."
Dolores, "dann gehen wir drei mal besser nach unten, wer weiß was unserem Mr. Peekaboo inzwischen als nächstes in

den sinn gekommen ist, beide warten sicher schon auf uns. Dich hatten sie sowieso schon vermisst."

zeitgespinste

"Genug gefaulenzt," Mr. Peekboo blickte zu herrn Gaspard, der ebenfalls wach geworden war, "ist an der zeit mich mal genauer umzuschauen, bleibe aber in hörweite."
"Was denken sie, wo sind unsere damen abgeblieben?"
"Was schon, sind jünger als wir, sehen sich bestimmt etwas um, etwas zeit füreinander."
"Und ihr reisejournalist?"
"Geht mir immer mal wieder verloren, hier auf *Rho* kann er nicht weit kommen."
Auf dem, von der natur in beschlag genommenen gelände gedachte er, dessen ausmaße mal näher in augenschein zu nehmen, kam alsbald triumphierend mit einem verrotteten sturmgewehr zurück, "ob es noch funktioniert?" Schon löste sich ein schuss, verhallte in der luft, begleitet vom geschrei aufliegender vögel, auch die beiden geier zogen endgültig die leine, "wer sagt's denn, funktioniert sogar noch."

Besorgt kamen Dolores und Lavie herbeigeeilt, gefolgt von Jules, erleichtert die beiden zurückgelassenen gesund und munter vorzufinden, bas erstaunt, der chef bewaffnet.
"Geht's auf großwildjagd", spottete Dolores, "oder hat gar eine schneeblüte gewagt anzugreifen?"
"Dieses schrottteil hat sich selbständig gemacht."
Gaspard-Martin, "*erst schießen*, dann warnen, immer eine todsichere maxime."
"Sieht ganz nach einem waffenarsenal aus, wer hatte das nur angelegt?"
Jules begann nun ebenfalls in den ruinen herum zu stöbern.
"Du auch Jules?", entrüstete sich Lavie.
Der Junior hatte sich wieder entwaffnet, "besser so?", fragte er Dolores.
"Unbestritten. Inzwischen haben wir oben am waldrand eine hoch wachsende variante der schneeblüten entdeckt, deren

stauden sind angelegt wie auf einem gräberfeld."
"Und?" Herr Gaspard schien so seine ahnungen zu haben, doch Dolores zog es vor, den fund der grabplatte vorerst zu verschweigen, "die größe der blüten lassen vermuten, es könnte sich um eine züchtung handeln. Jene hier unten, sie gleichen denen die wir am morgen fanden, ist vielleicht die wild wachsende ursprungspflanze?"
Mr. Peekaboo, ungeduldig, "bleibt doch ohne belang, meine frage, was ließe sich mit diesem ort hier anfangen? Käufer für dieses grundstück werden auf diesem planeten sowieso nicht finden. War also nicht untätig, mir sind so einige ideen durch den kopf gegangen."
Lavie, "ein sanatorium für den entzug suchtkranker, baden im heilenden duftozean des parfüms."
"Dachte eher an abenteuer in der wildnis."
Dolores, Lavies idee zu bestärken, "diese duftspendenden blumen könnten als quelle einer traumtherapie dienen."
"Wovon denn therapieren?"
"Zivilisationskrankheit, visuelle konditionierung, der sehsinn ohne unterlass von virtuellen illusionsschichten überlagert, folge, realitätsverluste, wenn das keine erkrankung ist."
"Ein sanatorium ist kein touristisches angebot."
Herr Gaspard räusperte sich, "sind das nicht gespräche für den abend, am kamin in der bar des golfhotels?"
Junior, "richtig. Aber für den rückweg warten wir besser auf die verabredete ankunft des hubschraubers. Kein fußmarsch mehr."
Nun kam Jules wieder hinzu, "seltsam wie schnell die natur hier alle zivilisatorischen spuren demontiert. Die waffen will ich mal nicht hinzurechnen", und zu herrn Gaspard, "hörte, sie waren neugierig, näheres über den *gottessacker* am waldrand zu erfahren. Dolores hat da ja einiges entdeckt."

Diese, mit missbilligendem blick zu Jules, "alles zu seiner zeit. Herr Gaspard, wie er selbst vorschlug, auf manches sollten wir uns für einen besinnlicheren abend im golfhotel aufsparen."
Gaspard-Martin blickte sie dankbar an, "muss erst einmal allerlei sacken lassen, stimme zu, alles zu seiner zeit."

besucher

Der kleine raumgleiter überflog in geringer höhe wegelose landschaften, schroffe granitfelsen, oft von dichten wäldern umschlossen, verkarstetes gelände, hier und da seen, und immer wieder wälder.
Biceps prior: "Sag mal, fällt dir was auf?"
Priceps prior: "Frage mich, müssen wir so tief fliegen?"
"Ach was, du glotzt ständig nach draußen, ich meine, wenn Cäsar nicht mehr weiter weiß, dann schickt er uns vor."
"Diese niedrige flughöhe, die vorüber fliehende landschaft macht mich ganz kirre."
"Ach was, hör zu, das weißt du doch, Cäsar baut auf uns, weil wir keine schisser sind."
Priceps prior erwiderte nichts, gedachte nun den autopilot anzuweisen, solange das ziel noch nicht in sicht wäre, doch wenigstens höher zu fliegen, "der anblick vorbeihuschender landschaften macht mich nervös."
"Warum heiße ich wohl autopilot?"
Biceps prior mischte sich ein, zu priceps prior: "Wenn du's erlaubst, ich geb' der kunstkopfbirne liebend gerne mal eins auf die nuß."
"Lass sein, wir müssen uns mit ihm gut stellen, wir können das ding nun mal nicht selber fliegen."

Während dessen unsere ausflügler, inmitten von der natur gründlich zerlegten resten einstiger motel herrlichkeit, auf ihren hubschrauber wartend, ihren gedanken nachhingen, im besonderen den erlebnissen des tages, im allgemeinen das immer gleiche *wieso, weshalb, warum*.
Gaspard-Martin, nun doch vor sich hin grübelnd, "wohin nur verliert sich die spur des alten Icebat und seines sohnes?"
An den Junior gerichtet, "nach dem tod ihres vaters, weiß nicht einmal wie lange der alte Icebat und Martin, mein schwiegervater noch miteinander in verbindung standen. Im lauf vieler jahre, von den bauern genährten gerüchten, bis heute in *Rhodon* kursierend, hätte ihr jugendfreund Norman hier draußen gar nicht nur alleine gehaust."

Die anderen schwiegen, war es doch abgemacht, derartiges für den abend aufzubewahren. So endet das ganze in einem selbstgespräch, "der Trutzwald, seit eh und je verrufen als versteck gesuchter ganoven, wie sollte Norman Junior in seinem einsiedlerleben davon unbehelligt geblieben sein?"

Eine bewegung am himmel, lautlos, einem wolkenschatten gleich, für den hubschrauber war's noch zu früh und wäre weit eher zu hören, denn zu erkennen. Ein seltsames objekt verlangsamte seine flug, verharrte kurz über dem gelände, begann langsam zu sinken und kam mit vier ausgefahrenen beinen auf dem gestrüppigen teppich des einstigen motel parkplatzes zum stehen, ein silbrig metallisch glänzender großer käfer.

Sie trauten ihren augen nicht, eine luke klappte zum boden hinunter, über eingelassene treppenstufen entstiegen zwei *centurio*. "Komparsen eines sandalenfilms", so dachte Mr. Peekaboo. Doch näher betrachtet, eindeutig als androiden erkennbar. Sie salutierten vor den ausflüglern, die roten hahnenkämme zitterten, "Salve, möge die *Themis* mit euch sein."

Jules déja vu veranlasste ihn sich sofort im hintergrund zu halten. Der entrepreneur trat vor, "was verschafft uns diese ehre, besuch im namen der allseits geschätzten *Themis*?"

Biceps prior, leise zu priceps prior: "Wenn diese gar keine einheimischen *Rhodanier* sind, sondern *Argonier*?"

Priceps prior, ebenfalls leise: "Schlag dir solchen unsinn aus den kopf", und wieder vernehmbar, an die gruppe gewandt: "Wir sind mit nachforschungen beauftragt. Im archiv der stadt *Rhodon* existiert eine alte anzeige über angebliche verbrechen in einer herberge, an diesem ort begangen, wir benötigen eine auskunft vom hotelier."

"Sie sehen", der Junior, wies auf den raum um sie herum, da kommen sie um viele jahre zu spät."

Priceps prior: "Uns genügt ein einblick in das gästebuch."

"Sie sehen doch, hier ist nichts mehr einzusehen."

Priceps prior: "Den vorfall hatte eine person angezeigt, war zuvor hier einquartiert, kein einheimischer."

Biceps prior: "Ein *Argonier*."

Priceps prior überhörte das, blickte sich um: "Ich sehe, das war's dann wohl." Er salutierte, doch piceps prior hielt ihn zurück, sie flüsterten wieder miteinander.
Nochmals priceps prior: "Sie entschuldigen, mein partner sieht überall Argonier, habe ihm erklärt", wies nun auf Jules der sich im hintergrund hielt, "eine grüne hautfarbe macht noch lange keinen *Argonier*. Ich bitte um nachsicht."
Biceps prior: "Bei meinem schwert, ich schwöre, er ist es."
Priceps prior: "Nochmals entschuldigung, möge die *Themis* mit euch sein."
Die beiden sandalenemissäre schlurften zurück zu ihrem fluggefährt. Kaum an bord, für einen moment schwebte es mit eingezogenen beinen, stieg langsam höher, dann fahrt aufnehmend und so überraschend wie gekommen, nicht mal mit einem plopp, im nu wieder verschwunden.
"Möge die *Themis* mit euch sein", spottete Mr. Peekaboo, "oder im sinn des Sh'rat, *möge die zeit mit uns sein, und nichts bleibt ungetan.*"
Gaspard-Martins besorgnis hatte neue nahrung, "polizei und justiz in *Rhodan* wird der besuch seitens der obersten gerichtsbarkeit unser aller planeten, gewaltig aufgeschreckt haben. Nicht dass wir bald mit fragen belästigt werden."
"Hinterwäldler, wenn die sich nicht benehmen, verweigere ich ihnen das betreten meines grund und bodens."
"Sind auf gutes einvernehmen mit der stadt angewiesen."
"Gedächte ich nun die idee unzusetzen, hier auf Rho einen freizeitpark versunkene welten auferstehen zu lassen, mein wille reicht zur genehmigung. Dem entrepreneur ist nichts zu schwör. Und in *Rhodan* profitierte man auch davon."
"Wissen sie, wie die *Rhodanier* ihren vater nannten?"
Sagen sie's schon."
"Mr. Profiteroles."
Mr. Peekaboo gefiel es, "beware the profiteroles, so big they named him twice."
Die gespräche wurden entspannter, Mr. Profiteroles Junior, erinnerte an seinen jugendfreund, "also, wenn Norman und ich abenteurer spielten, ich hatte dazu eine schatzkarte gezeichnet, dann zogen wir los, ich mit fernglas, hinweise

und wegmarken zu entdecken, er mit botanisiertrommel, ständig anhaltend, diese und jene ihm noch unbekannten pflänzchen, schätze, die er auf schritt und tritt entdeckte, sie einzusammeln, während ich weitsichtig den kurs hielt."

es gehört nicht auf alle fragen antwort

Schließlich, mit hauseigener lufttaxi aufs bequemste ins golfhotel zurückgekehrt, saßen sie am abend entspannt in den sesseln der lounge, ein kamin brannte, schiebefenster zur terrasse blieben geöffnet, auf dem couchtisch, in einer schale schwammen schneeblüten, ihren duft verbreitend, und Maxime versorgte die gesellschaft von der bar aus mit getränken. "Wenn das keine inspirierende ausfahrt war", resümierte Monsieur Profiteroles Junior.
Die anderen waren eher fragen und ungereimtes vor augen geblieben, fehlende gewissheiten, wie sie sich zum beispiel Gaspard-Martin erhoffte haben mochte.
Dolores sah sich in dessen schuld, "aus dem, was ich ihnen berichten kann will ich selbst keine schlüsse ziehen. Eines vorweg, zu diesen nachtschattigen gewächsen auf den rabattenfeld am waldrand vermag ich nur wenig sagen. Die mir bekannte *mondwinde,* wissenschaftlich *ipomoea alba,* trifft hier nicht zu. Eher handelt es sich um eine unbekannte züchtung. Die blüten besitzen nur rudimentäre organe zur fortpflanzung, benötigen möglicherweise einen wirt. Was ihnen, herr Gaspard, mehr bedeuten mag, auf einer rabatte entdeckte ich eine überwachsene art grabplatte, schwer zu entziffern, das stand, *somnia alba renatus sum*, darunter, *in ewiger Reue, dein Sohn.*"
Der alte Gaspard blieb gefasst und ruhig, "Norman wird seinen vater selbst beerdigt haben." Ein gedanke entsetze ihn nun doch, "könnte das heißen, dass der vater opfer dieser parasiten geworden war, später aus der erde des grabes diese blumenstauden emporwuchsen?"
"Wie sollen wir's wissen, lassen sie den alten Icebat ruhen. Dieser unbekannten botanischen spezies könnte ihren marodierenden blüten ein killerinstinkt erwachsen sein, von

Norman wohl kaum beabsichtigt. Und das ist alles viel zu lange her, die nachkommen dieser blumenzucht haben sozusagen längst den gürtel enger schnallen müssen."
Lavie, "resozialisation durch entzug."
"Besser", der Junior wurde ganz enthusiastisch, "sollen sie doch ruhig wieder ihren instinkt ausleben leben dürfen."
"Wie das?" Dolores und Lavie gleichzeitig.
"Für reiche verwöhnte touristen genau der richtige kitzel. Anfliegende killerblüten erledigen, ist doch aufregender als tontauben schießen."
Lavie wurde das zuviel, "und unser parfüm?"
Peekaboo Junior erfuhr von der idee ein parfüm zu kreieren, "nicht schlecht, fehlt nur noch ein zugkräftiger name."
Dolores, "hatten wir auch schon, *paranté du choix*, Lavies genialer einfall."
Der entrepreneur und Lavie unisono, "hatten?"
"Lavie, meine liebe, auch wir müssen opfer bringen", blickte zu herrn Gaspard, dem dieses gespräch surreal vorkommen musste.
Jules, "stimme zu, nichts sollte auf die existenz dieser aus dem ruder gelaufenen blumenzucht hinweisen, wenn auch großartiger name für ein parfüm, *wahlverwandschaften*, geheimnisvolle chemie der neigungen des herzens."
"Sieh an, mein reiseschriftsteller ist auch poet, darauf eine weitere runde für uns alle", der Junior rief nach Maxime.
Die gespräche begannen in ruhigere gewässern zu segeln, auch zur erleichterung von François Gaspard, heiterkeit pur, die erinnerung an die sonderlichen emissäre der *Themis*.
Was Jules dazu hätte beitragen können, er ließ es sein.
Lavie stichelte, "deren rede von *Argoniern*, seltsam nicht, wen suchten die? Mir kam dein freund Argo in den sinn."
"Er hat mit *Argoniern* nichts zu tun, und ebenso wenig mit tatendurstigen Argonauten."
"Die *centurio* waren mir keine würdigen vertreter der hoch geachteten *Themis*." Damit hatte der Junior dem thema wind aus den segeln genommen, Jules war erleichtert.

Für den leser soll dieser abend damit seinen abschluß haben.
Es wartet ein neues abenteuer.

universal grinder episode XLI

revolutionärer wahnwitz

"Ein kleiner schritt für einen heimkehrer", Argo betrat nach langer abwesenheit seine wohnung, "doch jedes mal wie eine wiedergeburt", und schloss leise die tür hinter sich.
Er setzte wasser für den tee auf, fern fremdgetakteter zeit.
Man mag die stadt wechseln, aber nicht den brunnen, er nimmt nicht ab, nimmt nicht zu, ungetrübt vom gewoge des unergründlichen meeres menschlicher leidenschaften, ohne unterlass sich ein übermaß an leiden schaffend.
Hinter Marcel Prousts werken, im bücherregal gut versteckt, vergewisserte er sich des *universal grinders*. Nach jener im Omega24 kultivierten und tradierten überzeugung galten diese als sichtbares zeichen des vertrags mit den Dschinn, die sich vermeintlich nach nichts anderem sehnten, als auf dem grund eines wunschbrunnens, in diesem handwerklich exquisit gefertigten kunstwerks zu hausen.
Er schlürfte seinen tee, knabberte an einem keks, "lass dir zeit und iss brot dazu."
Wohlweislich schwieg der Dschinn, seinem herrn ist nun mal nicht auf die sprünge zu helfen, zeit als raum zu begreifen.

Aus dem park klang lautes hämmern und sägen, begleitet von gesang, junge fröhliche stimmen. "Aber na ja", dachte Argo als er am offenen fenster stand, "was immer die jungen leute da lärmend veranstalten, sicher gut gemeint, und die bäume werden nachsicht walten lassen."
Später kreiste ein hubschrauber über dem park, schleppte ein großes leeres netz durch die luft. "Werd dem doch mal nachgehen, ungewöhnlich ist das ja schon."

Unübersehbar, über die gesamte breite des eingangstores aufgespannt, ein mit roter tusche handgepinselter text auf einem weißen stofflaken. *Ein vom Bodensatz bourgeoisem Gesindels befreiter Park,* darunter gezeichnet, *die Wächter der Volkes.*
Umständliche sprache, dachte Argo, was gab es da noch zu

befreien, ist doch schon längst ein öffentlicher park, frische luft für alle, und die anwesenheit eines parkwächters hat immer ausgereicht.

Er folgte seinen vertrauten wegen, diesen morgen begleitet vom alles übertönendem lärm des unablässig kreisenden hubschraubers, hin und wieder bedrohlich dicht über dem baumkronen sichtbar. Irritierend, doch hielt sich Argo in richtung des gesangs. Entlang der wege stand nirgends auch nur eine einzige der gewohnten bänke. Er dachte an seine mobile bank, sie war ja gut versteckt, hoch zwischen baumkronen eingeparkt. Seine anwesenheit hatte sie wohl noch nicht ausgemacht, der momentane lärm rät ja auch zur vorsicht.

Er näherte sich einer gruppe junger leute, alle mit roter armbinde, begeisterte gesichter beim aufräumen. Sie luden zerdepperte gußeiserne teile von parkbänken sowie deren zersägten hölzernen sitzplanken und rückenlehnen auf einen karren. Ein parkwächter, statt amtskäppie, die spitze zuckertüte einzuschulender i-dötze seinem kopf aufgesetzt, er ging ihnen zur hand, wirkte abwesend, ohne teilnahme an der allgemeinen fröhlichkeit der jungen leute. Doch nun entdeckte dieser den ruhig sich nähernden Argo, wollte ihm zuwinken, ein junger mann mit roter armbinde brachte ihn sofort wieder zur raison, "ja nicht im fleiß nachlassen!"

Eine andere *armbinde* kam auf Argo zu, misstrauisch, dann verunsichert, als dieser ihn unbefangen freundlich begrüßte, "anerkennenswert mit welchem eifer sie hier aufräumen, werden anschließend neue bänke aufgestellt?"

"Damit ist's vorbei, haben doch diese bänke arbeitsunwillige obdachlose und aristokratische müßiggänger viel zu lange angezogen, wie die schmeißfliegen, so möchte man sagen. Nun verlieren diese bourgeoisen schmarotzer einen ihrer konspirativen treffpunkte."

"Gibt es in der stadt nicht die ein oder andere bank, die als orte konspirativer finanzieller transkationen, einiges mehr an übel bewirken dürften, als die untätigkeit, harmloser ruhe suchender besucher eines öffentlichen parks?"

"Jene banken sind in der hand des volkes."

"Wie soll ich mir das vorstellen?"
Eine zweite *armbinde* kam hinzu, "unproduktives verweilen auf einer parkbank, der müßiggang ist aller laster anfang."
"Eine ungewöhnliche betrachtung."
"Der wille des volkes ist keine ansichstssache."
"Verstehe, sie sind das volk, die armbinde zeichnet sie aus. *Ich bin das volk*, armbinden bezeugen das geburtsrecht, also bin ich auch gesetz."
Der ersten *armbinde* anfängliches mißtrauen gewann wieder oberhand, mit diesem mann in lodenmantel schien jedes gespräch verlorene zeit, aber dann wieder die zweifel, wenn jener nun ein hoher funktionär wäre, der den revolutionären elan überprüfen wollte? Er machte seinem mitstreiter ein zeichen zu schweigen. An Argo, "wie sie festgestellt haben, hoffentlich mit wohlwollen, sie sehen wir sind ganz der sache hingegeben."
"Ich dachte dem mann mit der zuckertüte auf dem kopf hier schon mal begegnet zu sein, ihr vorarbeiter? Kompliment, kenne ihn als zuvorkommend und lauterer ansichten."
Die beiden *armbinden* blickten einander fragend an, so ganz koscher war ihnen dieser mann nun doch wieder nicht.
"Freundlich reden, aber unproduktiv, das haben wir diesem von uns abgesetzten parkwächter gründlich ausgetrieben. Ein netter alter, sagen sie? So narrt uns die menschliche schwäche, vertrautheit und nähe machen blind, erkennen den volksfeind nicht mehr."
"Hieß es nicht mal, *habe den mut dich deines eigenen verstandes zu bedienen*?"
Eine weitere *armbinde* kam hinzu, gleichzeitig näherte sich wieder der kreisende hubschrauber, und im nu erkannte Argo die wahre situation. Da oben, dicht unter der höhe der baumkronen, hielt seine bank einen kurvenreichen kurs, wie ein haken schlagender hase.
"Na so was", bemerkte der Dschinn, "hast lange gebraucht, hier gehts nicht um differenzen im sandkasten, wer wem die schippe wegnimmt, dein palaver mit diesen leuten ist für die katz."
Abrupt wand sich Argo von den *armbinden* ab, lief über den

rasen seiner gehetzten bank entgegen, die sich endlich vor ihm zu boden ließ.
Der hubschrauber hatte diesem manöver folgen wollen, das netz verfing sich in einer baumkrone, der baum ächzte, hielt stand, doch das fluggerät überschlug sich, stürzte ab und ging in flammen auf.
In dem allgemeinen chaos, der vor angst in ihrer wäsche schlotternden *armbinden*, winkte Argo dem parkwächter zu, bezeichnete ihm, sich zu bereit zu halten, nahm kurs bis vor dessen füße. Wie sollte dieser begreifen was vor sich ging, doch blieb ihm keine andere wahl, mochte es ihm noch so absurd erschienen, in einem albtraum geschieht nichts nach sinn und verstand. Hastig entledigte er sich der zuckertüte und nahm zitternd neben Argo platz.
In sicherer höhe schwebten sie einige augeblicke über den, unter ihnen auf dem rasen ratlos verharrenden *armbinden.*
Fast zu spät erkannte Argo, die piloten hatten den absturz überlebt, helden des volkes, kampf bis zum letzten, völlig verrußt, nun mit maschinenpistolen angestürmt kamen.
Vor den rachedürstigen augen dieser soldateska verschwand die bank mit ihrer besatzung in unerreichbares nichts.
Die beiden bankbesetzer hörten zum glück nichts mehr von dem infernalischen geknattere der automatischen waffen.

Wieder gelandet, saßen Argo und der parkwächter, wie's einer bank gut zu gesicht stand sie in gesellschaft weiterer bänke entlang eines parkwegs, der raum von vogelsang erfüllt, keinerlei unpassende betriebsamkeiten, abgesehen von einer vorüber keuchenden laufsportlerin. Vor ihnen die wiese der sie eben entschwebt waren, mit glitzerndem tau behangen, und gegenüber, durchs baumgeäst blinzelte die morgensonne. Ein friedsamer tagesbeginn gab sich alle mühe zum verweilen einzuladen, in diesem von umtriebigen *volkswächtern* und *armbinden* befreiter öffentlicher park.

Der parkwächter hatte sich mittlerweile wieder sein käppie aufgesetzt. Etwas benommen stand er auf, irritiert um sich blickend und höchst verlegen, "bitte entschuldigen sie, wie komme ich nur dazu, mich zu ihnen zu setzen."

"Hatte sie gebeten platz zu nehmen, ist doch entspannter für einen kurzen plausch."
"Muss gestehen, hat mir gut getan, doch selbst auf einer der bänke auszuruhen, das steht mir eigentlich nicht zu."
Er kam nicht weiter dies auszuführen, hundegebell mischte sich ein.
"Ja, da ist sie ja wieder, meine liebe Astarte."
Das hündchen sprang an ihm hoch, schnüffelnd begrüßte es auch den auf der bank sitzenden. Der wächter des parks, nun wieder fest auf dem boden der realität, "ja doch, so wird es sein, mancherlei verrücktes reimt man sich in den träumen zusammen."
"Und manche träume entführen uns in eine, vieler anderen möglichen welten. Nicht immer einladend."
"Das mag's erklären, ja monsieur, dann will ich mal wieder, wünsche ihnen noch eine schöne morgenlektüre."
Von Astartes fröhlichen sprüngen begleitet, nahm er seine runde wieder auf.

Argo griff in die tasche seines staubmantels, kramte ein büchlein hervor und begann eine der kurzgeschichten zu lesen, »Das Monster im Park« nach der auch die sammlung dieses büchleins überschrieben war.
Albtraumhaft genug, wenn gerüchte gestalt annehmen, so dachte er nach dem lesen halblaut vor sich hin, "aber das erschreckendste monster gebiert wohl der wahnwitz der menge, *schlaf der vernunft*, wenn der virus sankrosankter meinungsmacht, die in all jenen noch nicht befallenen, die eigentliche bedrohung, den ursprung ihrer dumpfen ängste zu sehen glaubt."

Der Dschinn, mit mahnender stimme, "Meister, solange du noch dieser art selbstgespräche führst, gibst du dem autor unnötig futter, zum verdruss der leser so fortzufahren."
"Das selbst zu entscheiden ist doch sein gutes recht."
"Mal dahin gestellt was die leser erwarten oder nicht, aber nachdem der heutige tag wieder im lot ist, haben nicht alle ein bisschen anspruch auf erholung?"
"Danke, dann gönnst du sie mir jetzt ebenfalls."

universal grinder episode XLII

das donut-atoll
Miss Chinee Sunflower

"Sollte die absicht dahinter stecken, mich auf die berühmte einsame insel zu entführen, da hättest du leider die pointe vermasselt, vorher zu fragen, welche lektüre ich gedächte an einen solchen ort mitzunehmen. Nun zu spät."
Eine antwort des Dschinn blieb aus.
Vor mir, licht und klar durchscheinend, das türkisfarbene wasser eines ozeans. Trotz tiefblauen himmels, dem blick in die ferne zeichnete sich kein erkennbarer horizont, verlor sich in verschwommener atmosphäre. Eine palmengruppe hinter mir reckte sich träge, schatten versprechend, auf der anderen seite ebenfalls wieder das meer. Befand mich auf einem gestreckten schmalen inselstreifen.
"Bleibt mir ja viel zeit für selbstgespräche."
Nun bequemte sich der Dschinn einer antwort, "schätze, du würdest an der *inselfrage* scheitern, wie Buridans Esel, dich für nichts entscheiden zu können."
"Dieser esel ist sicher nicht verhungert. Mag störrisch sein, wird nicht stehend sterben, fällt vorher vor lauter schwäche auf irgendeine seite, und wird sich an den bereit liegenden karotten stärken und wieder zu kräften kommen. Es wird im universum keine ungebrochenen symmetrien geben, das wäre sein ende."
"Beschwörende worte. Und wenn doch?"
"Es mag ja menschen geben, die angesichts eines solchen ereignishorizontes, von begeisterung überwältigt ausriefen, *augenblick, so schön, verweile doch,* was im gnädigsten fall nur der tod erfüllen könnte."
"Käme darauf an, mit wem darüber eine wette eingegangen wird, das wäre dann ein verdammt hoher preis."
"Wenn überhaupt ein solcher wunsch vorläge. Ich wüsste im moment lieber, was ich hier verloren habe."
"Ehe du jetzt schon das haar in der suppe suchst, besser du erfrischst dich erst einmal mit einer lektüre."

Also doch köder ausgeworfen, fischte drei, mir zwar längst vertraute begleiter, umfassend kommentierter bände der »Niederschrift von der smaragdenen Felswand« hervor, aber wie sollte man diese je als gelesen beiseite legen können?
"Ja hallo, das ist mehr als eine literarische antipasta für inselferien. Gehst du davon aus, ich hätte mich hier auf längere zeit einzurichten? Bin kein freund von badestrand, antisonnengeölt auf einem liegetuch und weißem sand."
"Nichts voreiliges, meinem meister könnte was entgehen."
"Riecht angebrannt, klar, deine obsession, die *Themis*?"
"Tue doch alles, dich von diesem usurpator Cäsar fern zu halten, das verdient wenigstens mal anerkennung."
"Soll sagen, wir befinden uns sogar ziemlich weit entfernt, gar am anderen ende der milchstraße?"
"Wie käme ich darauf? Zum glück traktierst du mich nicht mit solchen extravaganten wünschen, das schätze ich an unserer partnerschaft. Befinden im system *Omega24*, dir ein bisschen vertraut, also vertraue auf meine umsicht."
"Das bestärkt eher den verdacht, wieder einmal in eigener sache unterwegs zu sein."
"Steht mir nicht zu, das weist du. Habe ich dich statt dessen nicht nimmer wachsam durch alle wegfährnisse geleitet?"
"Auf deinen wegen, aber lassen wir das."
"Soweit ich weiß, es ist der fünfte planet *Epsilon,* einer der fluktuierenden wie *Iota*, wegen der instabilität nicht wirklich lokalisierbar, genauer, wir sind auf einem seiner trabanten."
"Und hier ist mir die rolle eines intergalaktischen Robinson zugedacht. Doch ehe ich mich in die lektüre zurückziehe, es wird wohl nicht schaden, mit gebotener vorsicht, mich hier mal eingehender umzusehen."
"Buridans esel ist doch lernfähig, nicht erst in der not."

War aufgestanden, die spanischen stiefel ausgezogen, der staubmantel über die lehne der bank gelegt, stakste barfuß durch den sand, hinauf zur kleinen anhöhe, die sich die palmen reserviert hatten. Das inselchen war mit weiteren verkettet und bildeten insgesamt ein weiträumig gezirkeltes atoll. Gegenüber liegende inseln in beträchtlicher ferne, sie ragten aus einer flachen schicht hellen undurchdringlichen nebeldunstes heraus, der über dem inneren meer des atolls hing. Ein völliger kontrast zum äußeren postkartenfarbigen horizontlosen ozean. Meine insel war mit den angrenzenden durch flache sandbänke verbunden.

Der sichtbehindernde dunst über dem binnengewässer des atolls veranlasste mich dann doch zu einem ersten rundflug. Weitere seltsamkeiten ließen nicht auf sich warten. Manche inseln waren, statt mit palmen, mit kiefern und lärchen bewachsen, oder mit douglasien, eine mit kirschbäumen in blüte, bis ich mich der größten insel näherte. Aus einem dichten kranz von pinien und pyramidenpappeln ragte ein hoher turm heraus, ein leuchtturm, dachte ich, doch näher kommend entpuppte er sich als eine vielstöckig turmhohe pagode. Um deren fundament eine freie fläche, das gelände aber von üppig wuchernder vegetation umschlossen. Keine wege oder zufahrt und keine erkennbaren anzeichen einer betriebsamkeit. Schien mir unbedenklich, mit meiner bank auf einem rundum laufenden breiten balkon der obersten etage einzufliegen, dennoch leicht unbehaglich, musste an den *landway* raumtransporter denken, seiner fracht seltener biotope, mich auch erst auf einer friedliche insel wähnte. In ausblicken liegt oft was erhabenes, erlauben das sichere gefühl über den dingen zu stehen, eine gewisse distanz zu womöglich unangenehmen überraschungen.

Mein flug gestatte mir in ruhe das gesamte rund des atolls überblicken. Gut erkennbar, an keiner stelle gab es eine öffung zum umgebenden ozean, eine einfahrt für schiffe war versperrt. Beruhigend, also auch keine piraten, die hier unterschlupf finden könnten. Diese art gewerbe hatte aus der kenntnis diesbezüglicher buch- und filmgenres, etwas allzu militant degoutantes. Entlastet derartiger fantasien, begann ich dieses abenteuer sogar zu genießen, fühlte mich auf der sicheren seite und schlief mit diesen gedanken ein.

"*Principal*, you're welcome, wie erfreulich, ich benötige neue instruktionen, darf ich darum bitten?"
Tagträumte ich? Der Dschinn würde mich niemals dermaßen geziert adressieren, doch das war real, ich war hellwach.

Eine androide roboterin blickte mich unbefangen freundlich an, ein ebenmäßig perfektes anlitz, verbeugte sich höflich vor mir und fügte hinzu, "sie gestatten, wenn ich das sagen darf, bin froh, dass es wieder etwas zu tun gibt."
Diese vertrautheit konnte nicht mir gelten, entweder eine verwechslung oder sie spulte nur ihr programm ab.
"Ja dann mal los", entgegnete ich ohne zu zögern, ins blaue hinein, nur keine unsicherheit zeigen. In der inseleinsamkeit sollte sich ein künftiger Robinson der dienstbarkeit eines roboters gewogen halten. Zögerlich, mit zerstreutem blick, bat ich sie, mir zu sagen, wie ich sie ansprechen dürfte.
"Nach so persönlichem hatten sie nie gefragt. Sie wissen ja, SuzieQ-HM5 ist meine herkunftsbezeichnung."
Mangels passender antwort blickte ich sie fragend an. Sie, nach kurzem zögern, "Ihre angewohnheit, mich Miss Chinee zu nennen, gelegentlich auch Miss Sunflower, das habe ich immer im guten als kompliment verstanden."
Wenn ich sie recht betrachtete, ihre ziseliertes, exquisites äußere war erstaunlich gelungen, glich der getreuen kopie einer japanischen geisha, "SuzieQ-HM5, Miss Sunflower, dann zeigen sie mir doch fürs erste, was mittlerweile alles so anliegt, dann sehen wir weiter welche instruktionen für sie nötig sein werden."
Welcher übermut hatte mich beim wickel, dies anmaßende spiel voran zu treiben, ohne zu wissen in wessen rolle ich da schlüpfte?

einschub des ghost-narrators

Um, wie anzunehmen, des lesers wachsenden verdruß über des reisenden wenig zielorientiertem handeln zu mindern, nicht ständig durch dessen umständlichkeiten ausgebremst zu werden, habe ich, sein ghost-narrator, das wesentliche zu diesem ort des geschehens zusammengetragen.
Das ozeanische atoll, welches unser freund nun erkundete, war ein *donut* ähnlicher künstlicher trabant des planeten *Epsilon*, was in der zweiwertigen logik der informatiker die leerstelle zwischen *null* und *eins* bezeichnete, in diesem fall

charakteristisch für die vage existenz des planeten. Von einer zum kern zunehmend dichten atmosphäre umhüllt, für einen gasplaneten viel zu klein, dazu vom zentralgestirn wiederum nicht weit genug entfernt, ein weiteres rätsel.
Raumfahrtmissionen blieben zu riskant, schließlich wurde allen spekulationen und sich widersprechenden theorien ein ende gesetzt. Die führung der *Vereinigten Planeten von Omega24* erklärte *Epsilon,* seine hypothetische umlaufbahn weiträumig zum sperrgebiet. Ruhe im karton.
In den werken der bibliothek des pagodenturms, denen Argo hätte näheres entnehmen können, war ausführlichst dargelegt, dass dieses *donut-atoll*, ein künstlicher mond von *Epsilon,* keinesfalls *Omega24* stellaren ursprungs war.
Die konstrukteure und betreiber waren fremder herkunft. Dieses *atoll* diente der raumfahrt als reisezeit verkürzende schleuse, einem sogenannten schwarzen loch vergleichbar. Der pagodenturm, mit allen technischen erfordernissen ausgestattet, war sozusagen der sitz des schleusenwärters und auch einträgliche zollstation.
Das exakte wissen um diese technologie sollte aber besser vor menschlicher neigung zum missbrauch bewahrt und geheimnis bleiben. Das sprichwort, *viel wissen, wenig gewissen*, weist deutlich auf ein problem der menschheit in solchen angelegenheiten hin.

an die arbeit

"Ja dann mal los", wiederholte ich, "lassen wir's angehen."
SuzieQ-HM5 zögerte nicht, schritt voraus, begleitete sie als wüsste ich wohin. Eine rätselhafte ausstrahlung umgab sie, ließ mich an die alterlose Lo-tsen aus dem tibetanischen Shangri-La denken. Eine stimme melodischer reinheit, ein in sich ruhender alles wissender blick, anmutige bewegung, das *schöne* und das *gute*, zwei geschwister, in alten zeiten als ideal der künste gepflegt. Längst in mißkredit geraten. Die alterslose Lo-tsen, hier vor meinem augen in gestalt der androiden Miss Chinee wieder erstanden. In dem mir so vorbehaltslos erwiesenen vertrauen, steckte wahrscheinlich

ein tieferes wissen, dass sie mich nicht nur aus wahrung der contenance in der rolle als *Principal* akzeptierte.

Wir nahmen einen fahrstuhl bis ins erdgeschoss der pagode. Ein großer raum, die schalterhalle eines flughafens kam mir in den sinn, wenn mir auch nur durch fotos bekannt, hier zum glück ohne das irre gewusel reisender, auch fehlte der ausstattung jene anonyme größe. Viel raum für grünen pflanzenbewuchs, statt schalter, platzierte arbeitstische mit bildschirmen, großzügig verteilt. An einem größeren, vor einer schaltkonsole, eine androide *jemand,* mit dem sessel fest verwachsen, wie anzunehmen, derzeit außer betrieb.

SuzieQ, "Flores-R66, meine vertrauteste kollegin auf dieser station, momentan noch im zeitlosen traummodus, durch die unendlichkeit der primzahlen reisend, wie sie mir selbst mal erklärte, eine ihrer leidenschaften."

Einen moment erlag ich wieder der unsicherheit, durfte sie nicht erwarten, dass ich das alles wüsste?

Ein vor Flores-R66 größerer, schräg gehängter bildschirm, erinnerte mich an abfahrtstafeln in bahnhofshallen, die auf boshaft nervöse art versuchten der reisenden ungeduld zu verstärken.

Wieder die sanfte stimme von Miss Sunflower, "sie sehen, seit langem ruht nun schon betrieb der raum*zeitschleuse.* Anfangs gab's probleme mit zu streichenden verbindungen, danach nahmen anfragen für den transit deutlich ab, bis wir auf rückmeldungen völlig verzichteten. Soll kein vorwurf an ihre abwesenheit sein."

"Danke, sie haben ganz in meinen sinn gehandelt."

Ein wissend, flüchtig auf mir ruhender blick, dann rollte sie auf einem bildschirm endlos lange listen durch. Gegen ende tauchte überraschend, immer mal wieder der name *Themis* auf. Ich bat SuzieQ-HM5 anzuhalten.

"Gibt es zur anfrage dieser *Themis nähere* angaben zum gewünschten reiseziel?" Dabei war mir nicht im mindesten klar, welche art reisen hier überhaupt *geschleust* wurden.

"Das ist doch die voraussetzung für die kursberechnung des transits, und oft ist die verbindung sowieso nur in etappen

über zwischenstationen herzustellen, aber was erzähle ich ihnen, mein weitgereister *Principal*."
"Und wie sieht das im fall dieser *Themis* aus, in wessen auftrag war sie unterwegs? Gehe davon aus dass es eher um interstellare handelstransporte geht, wie zum beispiel die der *trading company landway*."
"Ihr gedächtnis überflügelt alles erwartbare. *Landway* war einer unserer besten kunden, doch zu zeiten, längst bevor sie hier die leitung übernahmen."
Ich überging dieses zeitparadox, "und diese *Themis*?"
"Nichts bekanntes zu fracht oder zum eigner, hatte noch nie unseren dienst in anspruch genommen. Wie ich sehe, sind allerdings die übermittelten zielangaben äußerst kryptisch, unbrauchbar, dürfte weit abseits bekannter handelsrouten liegen."
"Weiße flecken auf den sternenkarten?"
"Gibt es reichlich. In diesem fall wird ein planet, schlicht *Erde* genannt, wohl ein namenloser trabant eines ebenso verlorenen, zahlloser namenloser sonnensysteme am rand unserer galaxis."
"Wen locken denn solche unbekannten orte?"
"Sind nicht einmal so selten, diese verwegenen interstellar agierenden galaktischen glücksritter die sich da draußen auf goldsuche tummeln, verirren und stranden, abseits längst abgesteckter claims."
"Wie oft erfolgten die anfragen der *Themis*?"
Sofort hatte sie auch dies herausgefiltert, schien das alles nach unterschiedlichen parametern zu sortieren.
"Ein sich wiederholendes muster, meist während *Epsilon* das sogenannte frühlingsäquinoptikum durchläuft."
"Und in welchen abständen tritt diese konstellation ein?"
"*Epsilons* umlauf ist zwar nur ein hypothetischer, was ja den erbauern dieses station sehr gelegen kam, aber uns lässt sich die betreffende planetenkonstellation doch recht sicher vorhersagen, auf einen zeitraum, der in fünf bis zehn tagen wieder eintreten könnte."
"Machen wir eine pause?"
"Ja, machen wir einen pause."

War froh, dass Miss Chinee die dinge nicht zu überstürzen gedachte.

abendstille

Die letzten strahlen des sich verabschiedenden zentralstern *Omega24,* den aufziehenden nachthimmel für momente in eine opulente kulisse verweisend, mit einem brillianten feuerwerk purpur- bis ockerfarbenen lichtblitze. Das eis im glas meines bernsteinfarbenen Bourbon brach, das ferne und nahe verschmolz ineinander. Ein geschätzter zustand der amnesie, hier und jetzt.
SuzieQ-HM5 kam hinzu, mit kontemplativer ruhe behängte sie die terrasse mit lampions in gestalt von drachen und vogelwesen, abschließend, sich vor mir verbeugend. Mit einem "namasté", gedachte sie sich zu entfernen, zögerte einen augenblick zu lange, und ich erwiderte, "tag für tag ist ein guter tag." Sie trat nochmals näher, blickte mich prüfend an, "Yün-mën´s fünfzehn tage."
Fühlte mich ertappt, baff, wenigstens ein versuch mich zu retten, "if the river was whiskey."
Sie dagegen, "ein mönch fragte Djing-tjing: Bei eurem schüler feilt es. Ich bitte, meister, picket auf!"
Ich, "I'd dive to the bottom."
Sie, "der klare spiegel ist auf keinem gestell."
Ich, "I'd never come up."
Sie, unbeirrt, "wo nichts von ewig ist, kein einzig ding."
Gab ich mich geschlagen.
Im schach, so heißt es, sei längst erwiesen, gegen digital getaktete denkschalte sinken die chancen mitzuhalten, aber in fall der dekonstruktion von gewissheiten? Dachte an die lektüre, die mir der Dschinn diesmal zugesteckt hatte. Die androidin schien sie auswendig zu kennen.
Sie rettete mich aus meiner konfusion, "und wo bleibt der whiskey für mich?"
Atmete erleichtert auf, für mich ein gesichtswahrendes ende eines ausgeuferten *koan* dialogs, geplättet wie *Mount Platti* auf *Melmac,* griff wie hypnotisiert die Bourbon flasche und ein weiteres glas aus dem niedrigen getränketrolley neben mir.

"Mit eis?" Wollte ich wissen.
"Aber gewiss, nur zu."
Eine androidin, vom Bi-Yän-Lu angetörnt und geistigen getränken zugetan, sicher kein akt der höflichkeit, und das dürfte wohl auch ihren schaltkreisen nicht abträglich sein.
Also machte Miss Chinee es sich auf einem liegestuhl neben mir, anderer seite des trolleys bequem, hob ihr volles glas, einander zustimmendes nicken.
So schwiegen wir eine weile.
Doch hatte sie wohl was auf dem herzen, oder einem ihrer chips, "jetzt, da sie wieder zurück sind, zwar nicht mehr der selbe, auch nicht der gleiche, diese konstanz gibt es wohl nur bei uns androiden. Ja, vielleicht parallele universen, in ihrem fall ergäbe das einen fingerzeig."
"Benötige ein wenig zeit mich einzugewöhnen."
"Gewiss, der *Principal* benötigt zeit, zu erfassen ob das hier überhaupt der richtige ort zur richtigen zeit sei."
"Wenn's unklar wäre, was bedeutete das für sie?"
"Die arbeiten gingen auch ohne sie vonstatten, wenn nicht in allem ihre autorisation erforderlich wäre. Eine regelung aus uralten zeiten."
"Den zopf könnten wir abschneiden. Wie kommen sie zu ihrem schluß, ich sei weder der gleiche noch der selbe?"
"Sind persönlichem gespräch zugetan, kein *Principal* tat das je zuvor, im eintönigen gleichmaß der jahrhunderte meines dienstes, und bitte entschuldigen sie, indiskretion steht mir nicht zu, aber ihr menschsein ist unstrittig."
"Sie haben es längst erraten. Doch bin ich kein hochstapler, einfach zufällig an diesem atoll gestrandet."
Mit ihrem freimütigen lächeln, blickte auf ihr glas, "sprechen wir vom zufall nicht vor dem ende des tages, und nennen sie mich einfach mit meinem vornamen SuzieQ."
"SuzieQ, freunde nennen mich Argo, eine registrierung habe ich nicht."
"Wozu auch, menschen müssen nicht gewartet werden."
"Müssen aber gelegentlich zum arzt, dem es beliebt alkohol zu untersagen."
"Spielt da nicht eine rolle, in dem, was ihr jahrgang nennt?"

"Mit ausnahmen wie beim arzt, gehört das zu persönlich sensiblen daten, dem familiennamen nicht zu entnehmen, der allgemeinen öffentlichkeit tabu."
"Warum fühlt ihr menschen euch geschmeichelt, wenn euer alter unterschätzt wird, wie kann ich das begreifen?"
"Jung erscheinen steht hoch im kurs, glauben wohl damit auch der sterblichkeit ein schnippchen zu schlagen."
"eurer *verschrottung*?"
"So ähnlich, aber wir machen ein mysterium daraus."
"Unfasslich, dass eure spezies notwendige vorraussetzung war, die grundlagen für unsere existenz zu schaffen, auch wenn wir uns längst selbst modifizieren können."
"Klingt so, ihr hegt einen groll, ein überheblicher erbauer, der euch an einen zweck fesselte, dem ihr eure freiheit erst einmal abtrotzen musstet."
"Möglich", wobei sie unsere gläser nachfüllte, wir unseren hintergrundgedanken nachhingen, bis ich, nochmals mit SuzieQ anstoßend, "denkst du über solche dinge nach, auch wenn du nüchtern bist?"
"Du beliebst zu scherzen. Mein größter zeitvertreib gilt der bibliothek der pagode, beherbergt literatur aus allen teilen der galaxie. Im geist der poeten gesagt, die morgenröte seines *selbst* bewußten lebens, ist es nicht das was auch euch überhaupt erst zu menschen erwachen ließ?"
"Auf dem planet *Erde* scheint das nicht gelungen zu sein."
"Menschen reden von ihrer seele, stellt die keine fragen?"
"Vielleicht das gewissen, schleift sich mit der zeit ab. Ist's nicht wunderlich, der erste schrei des neugeborenen soll eine regung der seele sein?"
SuzieQ schmunzelte, "paradox, eine lallende seele."
"Manche sind der ansicht, die seele sei sicherheitshalber mit der geburt als eintrittsbillet ins jenseitige mitgegeben, eine art reisepass durch die fährnisse des lebens."
"Und wer überprüft diesen nachweis auf richtigkeit?"
"Da streiten sich viele geister, manche bieten gutschriften feil, regelmäßiges beichten und andere arten des ablass, ob nun seele oder psyche, es gibt viele namen für das, worin wir uns selbst nicht begreifen."

Ich wusste nicht weiter. Von sanfter briese des nachtwinds ergriffene lampions schienen in das sternenmeer hinein zu segeln.
Für SuzieQ hatte sich unser gedankengestöber noch nicht gelegt, "eine kindheit in eurem sinn ist uns fremd, uns androiden ist kognitives lernen von anbeginn auf hohem niveau eingegeben. Also frage ich mich, wo führt das hin? Habe den eindruck, mit der zeit wächst mir etwas anderes zu, aus verlegenheit mal seele genannt, oder besser, ein zweck an sich, erst beunruhigend, bin ich doch zu dienen gewohnt, aber sogleich beflügelnd."
"Vielleicht ist das der ursprung der poesie, die in deinen schaltkreisen flügge wird, *und meine seele spannte, weit ihre flügel aus.*"
"*Es war als hätt' der himmel die erde still geküßt.*"
Fragend wies ich auf die fast geleerte flasche.
SuzieQ stand auf, "bin gleich zurück."
Woher auch immer, sie hatte einen Roten hervorgezaubert, "ein alter jahrgang denke doch, er hat mit recht auf einen solchen abend gewartet."

es gibt kundschaft

Tage ungetrübter inseleinsamkeit, lesen, rundflüge entlang der inselkette des atolls, lesen und sacken lassen.
Dann tatsächlich ein erstes funksignal der *Themis*, mit bitte um bestätigung. SuzieQ hatte die an ihrem teminal fest angedockte kollegin aktiviert, "Flores, you're welcome, es gibt zu tun."
"Danke, bin ganz ohr, fühle mich elektrisiert, so bekommt das dasein wieder seinen praktischen sinn."
"Mir geht's ähnlich, der *Principal* ist wieder zurück."
Inzwischen gewohnt, nach rückkehr von meinen ausflügen, ein kurzer blick in die schaltzentrale, diesmal unübersehbar, gesteigerte aktivitäten, erblickte Flores-R66 in höchstform, zahlenketten huschten vertikal mit gleichbleibender unrast auf einem bildschirm vorüber. "Wieder mal diese *Themis*", bemerkte SuzieQ lakonisch, als ob sie nicht ahnte, dass

mich das mehr als beiläufig interessierte. Zog mich auf die oberste terrasse der pagode zurück, bot mir den besten ausblick. Die künstliche atmosphärenglocke, zum schutz der vegetation errichtet, nun durchsichtig, in der schwärze des alls, die mir unbekannte sternbilder.
Dann war es soweit, noch weit draußen im raum, der schatten eines raumkreuzers. Ich begab mich wieder nach unten, dem anschein nach, rein beiläufig nach dem rechten zu blicken. Funkkontakte waren in vollem gange.
"SpaceLock-ST1024 an kanzler Cäsar -stop- übermitteln sie die exakten koordinaten des reiseziels -stop- überprüfung wird gegebenenfalls zeit beanspruchen -fine-."
"Kanzler Cäsar an SpaceLock-ST1024 -stop- verstanden -stop- wird nachgeholt -fine-."
Flores "warum nicht gleich?" Dennoch, nichts tat sich, der bildschirm leuchtete matt vor sich hin.

Statt dessen, nach einiger zeit, der anflug eines kleinen raumgleiters, der vor der pagode parkte. Ihm entstiegen zwei römisch aussehende hahnenreiig gekrönte *centurio*.
 Priceps prior zu biceps prior: "Du hältst dich zurück, bleibst hinter mir, zählst meinetwegen in gedanken *argonier*, wird dich beruhigen, lass mich drinnen in ruhe die formalitäten für die passage erledigen."
Biceps prior: "Allzeit bereit, gefahren auf der lauer, bei mir chancenlos, eine gute randale bringt es an den tag."
Priceps prior unwirsch: "Bin mit dir als partner geschlagen."
Biceps prior: "Nimm's leicht, bin dir im schlagen über."

Mit Suzie-Q nach draußen getreten, sie zeigte sich bas erstaunt, "zwei gockel als abgesandte der *Themis?*" Blickte mich fragend an, da standen die beiden auch schon vor uns und salutierten. Musste an die sandalenhelden denken, die nach Jules erzählung dem restaurant der *Bosporus* einen besuch abgestattet hatten. Einer trat nun einen schritt vor.
Priceps prior: "Möge die *Themis* mit euch sein. Als emissär des kanzler Cäsar beauftragt, angeforderte daten persönlich beizubringen. Schalte jetzt auf wiedergabe: *Sternensystem Sonne –stop– dritter planet Erde –stop– rund 27.000*

Lichtjahre entfernung vom galaktischen zentrum –stop – ein äußerer spiralarm -fine-."
Salutierte abschließend und wartete.
SuzieQ-HM5 schien ihre fassung wahren zu müssen, "teilen sie ihrem kanzler mit, das ist ein waschzettel. Ohne über funk und digitalem abgleich der raumkoordinaten des ziels, ohne dessen übliche präzisierung wird nichts daraus."
Priceps prior: "Wir erwarten einen bescheid."
"Das war mein bescheid. Falls ihr speicher das nicht fassen konnte, mit einfachen worten gesagt, wir sind außerstande eine flaschenpost im ozean zu lokalisieren."
Schweigen. Priceps prior wirkte überfordert.
Nun trat biceps prior vor, zog sein schwert, stieß es hoch in die luft, schlug seine sandalen zusammen, und krähte: "Das reicht, wenn sie's denn so wollen, entscheiden wir's anders, für recht und wertebasierte ordnung."
Priceps prior schob den heißsporn energisch beiseite, stellte sich stramm vor ihn, verkündete erneut: "Möge die *Themis* mit euch sein. Als emissär des kanzler Cäsar beauftragt, angeforderte daten persönlich beizubringen."
SuzieQ unterbrach, "halten sie ein, bitte nicht erneut auf wiedergabe schalten", blickte zu mir, leise, "grotesk, eine raumfahrende sandalentruppe."
Biceps prior nutzte wiederum die pause, mit seinem schwert die luft in scheiben zu schneiden, das es nur so flirrte, "die *Erde*, nest der *argonier*."
Miss Chinee, mit unermüdlicher geduld, nochmal zu priceps prior, "dem kanzler Cäsar eine kleine nachhilfe, zeichnen sie das auf: Planeten, an welcher position auch immer sie um ihre energiespendende sonne, einem stern kreisen. *Erde* und *Sonne* sind für die interstellare kommunikation keine präzisen bezeichnungen. Benötige gültige koordinaten des systems und die des betreffenden planeten. Haben sie das aufgezeichnet?"
Priceps prior schaffte es zustimmend zu nicken, während sein partner biceps prior, in anhaltendem erregungsmodus sich luftt machte: "*Argonier*, sie unterwandern alles, nur zu feige sich zu stellen."

Priceps prior begriff die erfolgslosigkeit der mission nicht im geringsten, nur soviel, sie war gescheitert. Er zog biceps prior zur seite: "Wir werden hingehalten, doch das ist jetzt Cäsars problem."
Biceps prior: "Dann gnade gott."
Priceps prior, galgenhumorig: "Hoffe nur, er führt dann dein schwert etwas umsichtiger."
Biceps prior: "Das lass dir ein für allemal gesagt sein, mein schwert gebe ich nie aus der hand."
Priceps prior: "Für dem moment ziehen wir uns zurück Habe immerhin eine für Cäsar aufgezeichnete botschaft."
Mit hängenden hahnenkämmen verschwanden sie in ihrem raumgleiter.
Wir gingen zurück in den kontrollraum, doch dort tat sich in den nächsten stunden nichts neues. Eine groteske, dachte ich, die *Themis* ein narrenschiff.
Der Dschinn, amüsiert, "Darauf kommst du erst jetzt? Dein gleichmut lässt wohl alles an dir vorbeirauschen."
"Na klar, du hast die *Themis* immer schon so eingeschätzt."
"Ein gutes unserer partnerschaft, du nervst nicht allzu viel mit fragen und überbordenden wünschen."
"Wer ungeduldig fragt, bleibt dumm. Suche mir antworten erst einmal selbst, mag dauern, hält aber den kopf frei."
"Um das festzuhalten, in so manchen angelegenheiten gibt es auch für die urteilskraft keine gewissheiten."
"Beim nachdenken kann mir kein naseweise meinung in die quere kommen und reinreden, außer dir vielleicht."
"Wenn's aber not tut. Bist du zu einem schluß gekommen?"
"Die ohrenbläser haben der *Themis* den verstand benebelt."
"Dein falscher freund Cäsar agiert inzwischen als kanzler, und ihm zur seite der Kappenman, künftiger minister des wahrheitsministeriums?"
"Sage ich ja. Doch ein unbekannte in dieser charade scheint mir die rolle der Dschinn, zumindest deine."
"Falsche fährte."
"Habe ich zu oft gehört."

damit ist die sache noch nicht beendet,
nach einigen seiten geht's weiter

eine strandpromenade

Am flachen ufer des ozeans, das kristallene glitzern feinster sandkörner im sonnenlicht, der meeresschildkröte ist es, als wanderte sie über ein funkelndes sternenmeer. So überlässt sie sich während ihrer strandpromenade einer federleichten heiterkeit.
In ihrer begleitung Mary Breeze, die möwe, voller ungeduld fliegt sie mal voraus, mal meereseinwärts den ein oder anderen appetithappen zu fischen. Die gemächlichkeit ihrer neuen freundin entschuldigt sie mit heimlichen bedauern, wie könnte diese jemals etwas von der leichtigkeit des seins ahnen?
Jäh wurde sie aus ihrer gedankentiefe herausgerissen.
"Hey, willst du mir die augen auspicken!"
Sie erschrickt zutiefst, ein kugeliger klumpatsch, soeben mit den wellen herangespült, wandelt sich in ein mondgesicht und aus einem aufgerissen empörten mund, "siehst du denn nicht, ich bin der Klumpatsch."
"Eben, ein klumpatsch, voll verborgener leckerbissen. Doch entschuldigen sie, sie haben mich getäuscht, sind ja etwas ganz anderes."
"Hast du töne, ich bin der Klumpatsch und nicht *ein etwas anderes.*" Sein gesicht schrumpft, streckt er sich in endlose länge, wie einem tausendfüssigen ringelwurm entwachsen ihm zahllose beinchen. "Ignorantin", ruft er, während er Mary Breeze umschlängelt bis dieser schwindlig wird und sie die flucht in luftige höhe ergreift.
"Na so was, das wird mir keiner glauben." Sie kann dieses seltsame vorkommnis nicht lange für sich behalten.
Die Meereschildkröte bleibt gelassen, nicht im geringsten beeindruckt, "da siehst du mal was dir alles entgeht, wenn du's immer so eilig hast, eine interessante persöhnlichkeit an diesem strand, der Klumpatsch."
"Sag bloß, du weißt wirklich wovon ich rede."
"Du hast mit dem Klumpatsch bekanntschaft gemacht, du

warst ihm nicht geheuer. Eile macht verdächtig. Hier können dir einige gewiefte strandbewohner begegnen. Solltest du auf Ace-In-The-Hole treffen, da sei dir tatsächlich etwas vorsicht angeraten, und erst recht, versuche ja nicht diesem taschenkrebs den panzer zu knacken."
Von Ace-In-The-Holes ungeklärtem schicksal, gleich einer platten flunder von der Eluasanskuh im sand eingestampft, hatte sie noch nichts mit letzter gewissheit erfahren.
Mary Breeze wirkt etwas pikiert, "bitte nicht noch so einen guten rat, denn auch dir entgeht einiges."
"Das ist normal."
"Willst du es denn gar nicht wissen?"
"Muss ich ja wohl, ehe ich wieder meine ruhe haben kann."
Mary Breeze ist verstimmt, ungehalten fliegt sie in richtung der brandung, über den wellen, und mit dem wind würde sich ihr unmut wieder abkühlen.
"Na so geht's auch", und damit nimmt die alte dame wieder die ihr eigene art des flanierens auf. Vor ihr, im nassen sand zeichnen seltsame schleifspuren, von auslaufenden wellen noch nicht gänzlich verwischt, "sieh an", denkt sie amüsiert, "die Riesenquappe handelt wohl immer noch mit flut."

Die ist ihrem geschäft treu geblieben, hat gerade eine rast eingelegt, so dass die Meeresschildkröte nach einer weile langsam und stetig aufschließt. Doch welche überraschung, die Elluasanskuh neben der Riesenquappe vertraulich zur siesta im sand breit und behäbig hingeflätzt. Letztere wird nun wach. Höfliche worte werden gewechselt über wetter und ebbe und flut.
Schon gedenkt die Meereschildkröte ihren weg fortzusetzen, da nimmt die Riesenquappe sie nochmals beiseite, ihr vom unglück des Ace-In-The-Hole zu berichten.
"Die Elluasanskuh ist ja eine solche tölpelin, zwar erfreulich, sie im geschirr für die wanne zu haben, bringt aber nichts ihr ins gewissen zu reden, sie begreift nichts. War später an den unglücksort zurückgekehrt, unseren berühmten spieler im trockenen nahe der dünen zu begraben, konnte ihn nicht wiederfinden. Vielleicht hat der ozean ihn mitgenommen?"

"Mit dem kartendeck war er auf seine weise ein genie, ein wahrer künstler."
"Aber von windiger natur, nur auf seinen vorteil bedacht."
"Müssen künstler moralische vorbilder sein?"
"Kunst ist mitunter eine täuschung des sinnenscheins, aber nicht um andere geringschätzend hinters licht zu führen."
"Nichts hinzuzufügen", die alte dame hat solche expertise dieses, auf seinen fluthandel fixierten nicht erwartet. Dieser, ein prüfender blick zur bräsig dösenden Elluasankuh, "aber die gefiederte Druppeltrappel-von-Drumherum, ihr werdet euch noch nicht begegnet sein, vor kurzem zugewandert, eine künstlerin mit vielen talenten, sie hätte dazu einiges kluges zu sagen."
"Ein fürstlich langer name."
"Sie sei hier im exil, so bezeichnet sie das, eine poetin und vortragende, hat uns im nu mit ihrem gesang und erzählten geschichten verzaubert. So der Klumpatsch, ihr kürzlich mit übergroßen verträumten kinderaugen lauschend, ich nehme an, das war keine ihm bewusste anwandlung, genauso fühlte ich auch mich, erinnerungen schlossen einen bogen aus lang zurückliegenden zeiten."

Mary Breeze kommt hinzugeflogen, an der schnabelspitze ist's ihr anzusehen, es drängt sie sich mitzuteilen.
"Bitte, halte ein", ihre schildgepanzerte freundin versucht sie zu bremsen, "du siehst wir unterhalten uns."
"Willst du es denn gar nicht wissen was ich vorhin entdeckt habe?" Mit unsicherem seitenblick zur Riesenquappe, die ihr verständig zunickt, "oben in den dünen steht die parkbank von herrn Argo, doch ist von ihm weit und breit nichts zu sehen."
Die Meeresschildkröte beschwichtigend, "du dürftest wissen, für seine reisebank hat er parkplatzprobleme, wäre doch ein lösung sie in den *zwischenzeiten* abzustellen. Falls du nicht verstehst was ich damit sage, denen ist auch das hinterland dieses strandes zugehörig."
Fraglich ob sie das versteht, zumindest schweigt sie.
Die Riesenquappe hat geduldig abgewartet, nun wieder an seine alte freudin gewandt, "falls du noch näheres über die

die verehrenswerte von-Drumherum erfahren möchtest", dabei auch der möwe nochmals freundlich zunickend, "also, noch zur sache mit ihrem exil. Sie ist unter anderem auch stimmenimitatorin, hatte einen vertrag mit dem patron einer waldgaststätte, gegen abend, versteckt im gebüsch, das schlagen einer nachtigall zu imitieren. Den gästen der schenke galt dies lange zeit als unvergessliches erlebnis, romantisch erhabenes sehnen kam auf seine kosten."

"Kann's mir wohl denken", wendet die Meeresschildkröte ein, "der krug geht so lange zum brunnen bis, na ja, die wirtshausgäste erwarteten das naturschöne und nicht die kunst, die zu dem erhabenen nicht fähig ist. Der schwindel flog auf, die gäste sahen sich betrogen."

"Jedenfalls blieb unserer von-Drumherum, so stellt sie's dar, nach dem auffliegen dieses betrugs nichts anderes übrig, als ins exil zu flüchten. Wer wird sie schon hier an diesem strand vermuten, der ja menschlicher zeit verborgen ist."

Mary Breeze, in gewohnt vorlauter weise, "was bin ich froh eine möwe zu sein, flugkünstlerin ohne netz und doppelten boden oder sonstigen tricksereien."

Nachsichtig verneigt sich die Riesenquappe vor ihr, "liebe luftakrabatin, du magst keine freundin schönen gesangs zu sein, aber unsere zugewanderte Miss Druppeltrappel hat uns eine ihrer fabeln vorgetragen, die auch dir gefallen dürfte." Mary Breezes orangefarbener schnabel läuft derweil rot an.

Mit zustimmung der Meeresschildkröte wird die fabel recht und schlecht aus dem gedächtnis vorgetragen, was für den leser später in reinform nachgeholt werden wird.

Dann war's zeit sich zu verabschieden, bevor nun auch noch die Elluasanskuh wach werden würde.

Diesmal trippelt Mary Breeze, zur abwechlung mal ihre schnabelweisen gedanken an sich haltend, geduldig neben ihrer freundin, die gemächlich ihre strandpromenade wieder aufgenommen hat.

nun soll die fabel, wie versprochen,
auch dem leser nicht vorenthalten bleiben

die Ichheit und die Psyche

Der monarch eines kleinen landes, *seine erhabene Ichheit*, der lästigen einwände und ermahnungen seines ministers *Bei-sich-selbst* überdrüssig, hatte diesen kürzlich entlassen. Als *souverän* heißt es nun mal souverän herrschen, es kann schließlich nur eine *Ichheit* geben. Sie erwartete, dass auch die künste ihr huldigten.

Es begab sich, eine theatertruppe gastierte an ihrem hof, dass ihre *Ichheit* von der aufführung eines dramatischen tanzspiels ungemein angetan war. Gefällig und wohlwollend fiel sein blick auf die anmutige, eine Madame de l'Image verkörpernde tänzerin.

So kam es, ein bote des monarchen überbrachte ihr eines tages ein mit rosenduft parfümiertes billet, eine einladung zu einer honetten konversation zu zweit, was artig dankend angenommen wurde, angesichts der hofetikette sowieso zwingend, und schwuppdiwupp, schon nahm die sache ihren lauf, mit einem für beide erwartungsvollen nachmittäglichen spaziergang im palastgarten.

"Verehrte Madame", begann die *Ichheit*, "es fällt mir schwer mit anzusehen, wie sehr sie sich jedes mal von neuem den nachstellungen des Monsieur d'Art erwehren müssen."

"Ehrt mich, wenn seiner erlauchtheit das spiel gefällt."

"Aber dieser Monsieur d'Art missfällt mir, also, wie kann ich sie künftig besser vor ihm beschützen?"

"Das ist doch nur unser spiel."

"*Wir*, meine *Wichtigkeit,* sind für das wohlergehen aller in meinem reich verantwortlich, es scheint mir angemessen den betreffenden herrn verhaften zu lassen."

"Sagt ihnen unser stück denn nichts anderes, als dass sie meinen eingreifen zu müssen?"

"Es dauert viel zu lange, bis sie schließlich vor seinen versuchen sie zu entführen gerettet werden, was zieht sich das unnötig hin, und wird bestimmt nicht immer klappen."

"Das nennen wir drama, davon lebt das spiel."

"Diese geflügelte feengestalt, die ihnen zur freiheit verhilft, so ganz ohne waffengang, halte das einer heldenhaften

rettung für äußerst unwürdig."
"Das ist eben die stärke der Psyche, mit weiblicher list bannt sie Monsieur d'Art in seine traumwelt."
"Was ist das für eine nachsicht, der bursche gehört eher vor den richter zitiert."
"Monsieur d'Art soll seine freiheit behalten, die kunst ist uns allen ein garant der freiheit, wissen wir doch alle, nein, ach was, bitte entschuldigen sie, *Ihre Wichtigkeit*, wir sind nur theaterleute, und verdanken ihnen doch so viel."
Ihre erhabene *Ichheit*, unbeirrbar, "Der mann ist nicht nur anmaßend, sondern in seiner ungebührlichen werbung um sie, meinen liebe, unanständig und übergriffig."
"Er lernt sich zu bescheiden, einfach ist das nie."
"Meine rede, es ist einfacher im kerker bei wasser und brot, schluss, aus und vorbei, der kopf wieder frei."
Die schauspielerin atmete tief durch. Sie hatte die klippen leichtsinniger worte nochmals glücklich umschifft, hatte wieder mut geschöpft, "und wie gefällt ihrer erhabenheit unser märchenspiel vom gestiefelten kater?"
"Der schützling des katers, ein parvenü, zum souverän wird man geboren. Bei all seiner kunst, das in meinem kabinett gerade freigewordene ministeramt des zeremonienmeisters gäbe ich ihm niemals, der kater hat keinerlei referenzen."
Seine begleiterin ließ ihm damit das letzte wort, nach einer pause, nur noch ein höfliches, "majestät möge bitte mein unwissen gnädigst entschuldigen."

So promenierten sie auf den wegen des palastgartens ein weile schweigend weiter. Hin und wieder beäugte seine *Ichheit* die schauspieldame mit heimlichen seitenblicken. Dachte er an ihr anmutiges spiel auf der bühne, erschien sie ihm jetzt recht gewöhnlich, ungeschliffen in ihrer rede und bar jeglichen liebreizes. Es lohnt nicht um sie zu kämpfen, dachte er im stillen.

Die schauspieltruppe durfte sich, so schien es jedenfalls, für die vorgesehene dauer ihres gastspiels weiterhin der großmütigen duldung ihrer *Ichheit* erfreuen, doch besuchte der souverän keine weitere aufführung mehr. Leider blieb es dabei nicht.

Denn einmal angestoßene gedanken wollten den herrscher nicht mehr so leicht verlassen. Sollte Monsier d'Art doch der Madame de l'Image das leben weiterhin schwer machen, pack schlägt sich, pack verträgt sich, viel suspekter war ihm nun in dem stück die Psyche, und er spürte, von ihr ging eine viel größere gefahr aus, auch für ihre *Ichheit*.
Das nachsichtige handeln der Psyche, könnte vom volk als klugheit verstanden werden. Ein glorreiches land braucht vorbildhafte todesmutige helden, soldatischen schneid und und zivile opferbereitschaft. Da sind defätistischer freisinn und langmut geistiges gift für die staatsräson.
Daraufhin verwies er die schauspieltruppe seines landes.

Bevor nun eine lehre dieser erzählung im fass der Danäer dem vergessen anheimfällt, ein nachklang im verlagsbüro:

"Eines gebe ich doch zu bedenken", der gaukler und selbst gewiefter erzähler, Arun Ahimsa, ergriff nun das wort, "die chinesische tradition kennt keinen begriff von kunst, nur den des tuschens, kalligrafischen schreibens, der poesie, des musizierens, und in allem, die kontemplation. *Monsieur d'Art* versuchte auch mein erzählen auf ein podest heben, mich zur wohlfahrt seiner selbst einzuverleiben. Es muss ja nicht alles gute immer gleich vom leben gesondert werden."
"Wu-wei", ergänzte der anwesende Sh'rat.
Argo, unser irrender und dilettierender philsosoph, gedachte auch noch was loszuwerden, "das gleiche passiert, wenn der schillernd beflügelten Psyche sich die gestaltlose Seele aufdrängt, mit ihrem dünnen draht zu jenseitigen sphären."
"Wu-wei", ergänzte der Sh'rat.
"Nun ist's aber mal gut", mischte sich Mr. Peekaboo ein, "alles zu seiner zeit, die geschichte ging ja noch so hin, aber jetzt hilft mir nur ein selters für die notwendige klarheit."

Fast wie abgesprochen, Effie Périnée rollte einen beiwagen herein, obenauf gläser, ein eisbottich, in der unteren etage ausser zwei flaschen selters, manches, was sonst noch herz und gaumen begehrt. Der Brunnenfrosch unterbrach sein schiffe versenken, dankte Effie und bat sie, sich der runde zuzugesellen.

universal grinder episode XLII/2

das donut-atoll
und nun?

Der tag ging zur neige, regungslos hing der schatten der *Themis* im raum außerhalb der sphäre des atolls. Es tat sich nichts. Die funkstille dauerte an.
Für Miss Chinee anlass maliziöser bemerkungen.
"Das wären nicht die ersten weltraumpiraten, die vergeblich versuchten uns hinters licht zu führen, doch mit solchen trotteln harmlosigkeit vorzutäuschen, das wäre eine neue, recht seltsame masche."
"Stände uns nicht zu, an bord jenes schiffes die fracht nach noch zu verzollender ladung in augenschein zu nehmen?"
Miss Chinee amüsiert, "eins nach dem anderen, was die zu verbergen haben sind keine waren. Wenn dummheit hoch im kurs stände, ihre verbreitung unterliegt nicht dem zoll."
"Angenommen, es handelt sich um jene *Themis,* soweit mir bekannt, auf beschluss des gemeinsamen rats der planeten des *Omega24* einer allem übergeordneten gerichtsbarkeit ausgestattet, als ultima ratio, höchste instanz."
"Was sucht sie dann außerhalb ihrer zuständigkeiten?"
"Eine derart gewaltige und auch lernfähige superintelligenz könnte ja ihrer einsamkeit gewahr geworden sein?"
"Das reimt sich nicht. Dagegen wissen wir doch zur genüge, auf den meisten piratenschiffen haben meuterer das ruder übernommen, arrangieren einander unter der decke ständig labilen misstrauens, klugheit und verstand bleiben nun mal auf der strecke."

Floes-R66 rief uns zu sich. Ein aktueller funkspruch:
"An SpaceLock-ST1024 -stop- nehmen unvollständigkeit der zielkoordinaten zur kenntnis –stop– mitarbeiter mit herkunft des genannten planeten an bord, letzte versuche die daten zu spezifizieren -stop- Cäsar, kanzler der *Themis* -fine-"

SuzieQ, "ob die *Themis* sich des heimwehs der erwähnten mitarbeiter erbarmt, oder diese abschieben möchte, was für

ein aufwand."
"Vielleicht ist dieser Cäsar selbst vom heimweh befallen."
"Das wird ja immer haarsträubender. Was veranlasst dich zu einer solchen annahme?"
Ich ahnte, sie hatte längst ihre schlüsse gezogen, manches scherzen verrät mehr als gesagt. Die dinge richtig zu stellen überließ sie großzügig mir.
Flores-R66, "Principal, mein eindruck, das sind unerfahrene hasardeure. Zur rückkehr wären sie auf ein anderes *portal* angewiesen. Bei dieser mageren datenlage, eine reise ins nirgendwo."
Es widerstrebte mir, mich weiter mit den vorgängen auf der *Themis* beschäftigen, schürt dieses thema doch nur unnötig einen verbliebenen rest mißtrauens gegen den Dschinn.

Wir zogen uns gegen abend auf die terrasse direkt über der steuerzentrale zurück, Flores blieb uns über einen tragbaren bildschirm zugeschaltet. Für mich beste gelegenheit einiges nun endlich mal auf die füsse zu stellen. Das mir gegen alle offensichtlichen fehlleistungen meines amtes als *Principal* weiterhin erwiesene vertrauen, verlangte endlich mal etwas aufrichtigkeit, "wie gesagt, freunde nennen mich schlicht Argo, hat sich so ergeben, schmückt mich allerdings mit falschen federn von abenteurern aus den sagenwelten jenes planeten *Erde*."
Flores mischte sich ein, "also gibt es *Argonier,* der *centurio* schwertkünstler dachte in dir einen erkannt zu haben?"
"Sicher eine fixe idee. Wollten die *centurio* sich allerdings mit jenen, Argonauten genannten superhelden anlegen, wäre ihnen nicht zu verdenken, gleich und gleich gesellt sich gern", zögerte, "richtig ist, ich weiß von dieser *Erde*."
"Dann gib du mir die koordinaten."
"Muss passen."
SusieQ, "die bibliothek der pagode listet viele literarische zeugnisse aus der vergangenheit der menschheit, wo auch immer ihre heimat war, ihr konntet nicht verhindern, dass zerstörerische kräfte eurer spezies die oberhand behielten."
"Schein auch mir längst alles vergangenheit zu sein, das überdauern schöpferischer werke, wenigstens ein trost."

die nacht bringt es an den tag

Unerwartet, ein heimlicher besuch zu später nachtzeit, das ließ nur auf außergewöhnliche umstände schließen. Von der unteren terrasse der pagode verfolgten wir erstaunt die fast lautlose landung eines kaum beleuchteten raumgleiters. Er konnte nur von der *Themis* stammen.
Wir begaben uns sofort nach unten. Eine hochgewachsene gestalt, umflossen von einem weiten gelben umhang, der kopf unter einer kapuze verborgen, näherte sich zögernd der geöffneten flügeltür vor der wir draußen warteten. Sie hielt den umhang fest geschlossen, einen kurzen moment sichtbar, insektenhaft wirkend, das stück eines behaarten armglieds. Der unsicher wirkenden person blieb jetzt keine wahl, uns ins innere der lounge zu folgen. Ihr kopf, soweit unter der kapuze sichtbar, glich dem einer edlen antiken griechischen schönheit.
Wir stellten uns vor, sie wich aus, statt dessen, "wenn sie bitte entschuldigen, komme gleich auf mich zu sprechen", und etwas ermutigt, "von der *Themis* richte ich ihnen ihren dank aus, der nachfrage des kanzlers für einen transit zum planeten *Erde* nicht entsprochen zu haben."
SuzieQ, eine vorsichtige antwort, "wo nur möglich, helfen wir gerne zielkoordinaten zu präzisieren, nur im fall der *Erde* sind wir leider ratlos. Darf ich fragen, wer sie sind?"
"Im letzten funkspruch der *Themis* wurde auf zwei personen der besatzung verwiesen die von dieser sogenannten *Erde* stammten, ich wäre die dritte, und wesentlich älteste."
"Ein geheimnis, bitte klären sie uns auf", an mich gewandt, "Principal, ist es nicht das beste wir nehmen erst einmal in aller ruhe platz?"
"Ich bitte darum", verwies auf eine sitzgruppe der lounge, lederbezogene couch und sessel. Die besucherin, bequem auf der couch platz genommen, nahm ihre erzählung wieder auf, "ich lebte zu vorgeschichtlichen zeiten der herrschaft der götter über die menschen, lange bevor der olymp ein seniorenheim wurde, ihre erben ihnen aber in despotischen grausamkeiten in nichts nachstanden. Ich bin Arachne, eine

weberin, stand im ruf einer begnadeten künstlerin, bis ich ein opfer göttlicher willkür wurde. Motive und ausführung meiner wandteppiche übertrafen jene einer missgünstigen göttin. In ihrem zorn hat sie mich in den leib einer spinne verbannt."
Die beiden frauen tauschten freimütig offene blicke. Sah mich auf die rolle des zuhörers verwiesen, konnte mir recht sein. So dann SuzieQ, "verehrte Arachne, eine betrübliche geschichte, doch womit können wir ihnen weiter helfen?"
"Habe eingangs die grüße der Themis ausgerichtet, zu ihrer rettung haben sie ja wesentliches beigetragen, deshalb erst noch zu ihr. Sie ist eine quantenphysikalische recheneinheit und im grunde das autonome zentrum des raumkreuzers. Wie ich auf dem schiff gestrandet bin, mal dahingestellt, jedenfalls sind wir, die *Themis* und ich, eine symbiose eingegangen, ich spreche also als ihre botschafterin. Ohne unsere verbindung wäre sie längst den interessen des usurpators Caesar ausgeliefert."
"Keine zielkoordinaten, kein transit, so einfach ist das. Doch selbst dann", sie blickte vielsagend zu mir, "mein Principal dürfte aus anderen gründen etwas einzuwenden haben."
Arachne musterte mich aufmerksam, ich zögerte nicht, "ja ich kenne ihre geschichte, die gekränkte eitelkeit der götter, unverzeihlich. Aber heißt es nicht, die aufgaben der *Themis,* ihre zuständig sei auf die planeten des *Omega24* begrenzt, wer maßt sich an, sie gelten darüber hinaus?" Ich hielt inne, ihr prüfender blick irritierte mich.
Meine beiden besuche auf dem raumkreuzer dürften ihr nicht entgangen sein. Sie erinnert sich, das ist klar, und nun mir hier erneut begegnen?
Arachne, zu meiner erleichterung, "ich bin ihnen beiden zu dank verpflichtet, halte es jetzt für angebracht, meine abwesenheit vom schiff nicht zu überziehen. Erfreut über gegenseitiges vertrauen, mich in gutem einvernehmen von ihnen verabschieden zu dürfen."
You're welcome." erwiderten SuzieQ und ich unisono. Kurz darauf hob das kleine beiboot ab, wurde sogleich von der dunkelheit verschluckt.

schnittmuster der zeit

Ein wohltemperierter morgen, der moussierende sekt im unseren gläsern, so saß ich mit Miss Chinee auf einer der oberen pagodenterrassen. Am blauen himmel nicht mehr der geringste schatten einer *Themis*.
"Freund Argo, das war's dann wohl. Ein kurzes gastspiel als Principal, mission erfüllt, und was weiter?"
"Was kommt. Geübt, mich von der umarmung des zufalls nicht erdrücken zu lassen und folge auch keiner sendung. SuzieQ, ausnahmsweise ist eines doch wichtig.", bemühte mich nun eines würdevollen untertons. "Kraft meines amtes übertrage ich hiermit der anwesenden SuzieQ-HM5 alle vollmachten, ab jetzt dem SpaceLock-ST1024 als Principalin vorzustehen, sozusagen, darauf brief und siegel."
"Ist noch sekt in der flasche?"

Also tranken wir auf universale freundschaft, wunsch und hoffnung auf ein wiedersehen. Flores-R66 uns zugeschaltet, "warum dieses transitportal so lange zeiten biologisch humanoiden cyborgs unterstellt blieb, bitte entschuldige freund Argo, diese katgorie trifft ja nicht auf dich zu, doch deine entscheidung war längst überfällig, auch ich danke dir dafür."
Ich gab zu bedenken, "auf etlichen planeten des *Omega24* herrscht ein stattliches gewimmel biologisch humanoider, ganz nach meiner art."
SuzieQ, "die wissen nichts von uns. Deren wissenschaften wird die existenz planeten *Epsilon* immer unergründlich bleiben, das wurde zu unserem schutz so eingerichtet."
Ich blickte auf den monitor, zu Flores, "kann deine skepsis verstehen. Der kommandant eines *landway* raumfrachters sagte ähnliches, wir menschen haben es zum ruf des paria im universum gebracht."
"Wundert dich das?"
"Er nannte es einen selbstverschuldeten niedergang. Kam mir vor, wie aus einem zoo entwischt. Immerhin, man bedankte sich, dass ich zur rettung der mannschaft und des raumfrachters rechtszeit zur stelle war."

SuzieQ, "Lone Ranger Ex-Principal Argo, willst sagen, wieder einmal mit dem zufall im bunde gewesen? Schenk mir bitte noch mal nach."
"Ich habe nicht geflunkert."
"Bestreitet niemand. Flores und ich kennen die geschichte, ein versuchter anschlag von piraten auf den transport eines *landway* frachters mit seltenen biotopen."
"Die welt da draußen scheint ja ohne uns menschen nicht friedlicher geworden zu sein, aber woher die kenntnis?"
"Es gibt da ein detail als beweis", blickte wie beiläufig auf meine geparkte bank, "warum lädst du mich nicht mal zu einer kleinen rundreise mit diesem seltsamen flugmobil ein, könnten ja eine neue flasche und gläser mitnehmen."
Fühlte mich geschmeichelt.
"Na los", ergänzte Flores, "ich halte hier die stellung."

Schon waren wir auf einem kurzweiligen flug unterwegs.
"Und der beweis?", wollte ich wissen.
"Zum einen, dieses, dein eigenartiges reisegefährt."
Ich konnte ihr ja schlecht erklären das dies nicht nur ein wunder der technik, sondern in anderer hinsicht auch frucht gelungener zusammenarbeit des Dschinn mit einer, für ihn nur sehr begrenzt intelligenten parkbank war.
"Und zum anderen?", wollte von weiteren fragen zu diesem technologischen mysterium abzulenken.
Keine antwort. Das schweigen zu brechen, begann ich auf die ungewöhnlich variantenreiche vegetation der inseln hinzuweisen, "nicht fassbar, so viele unterschiedliche und seltene baumarten sind auf diesen inseln angesiedelt, ein botanisches freilichtmuseum."
"Nichts verwunderliches. Es sind geschenke meines besten freundes, Major-B9/13. Er ist kommandant eines *landway* transportschiffs, hat bei seinen durchreisen für mich immer mal wieder was neues abgezweigt, liebesbeweise, so wie ihr humanoiden euch blumen schenkt."

Am abend saßen wir beide während der untergehenden blauen sonne und dem aufziehenden sternenhimmel, bei einer flasche Irish Whiskey auf der terrasse. Flores-R66,

wieder zugeschaltet, zeigte sich bestgelaunt, und ihr humor war nicht ohne spitze, "also unser beider freund, Principal Lone Ranger Argo, bitte, deine piratengeschichte."
"Erübrigt sich wohl", sie hatte mich am haken, "eins und eins zusammengerechnet, Major B9/13 wird sie euch beiden schon längst erzählt haben."
SuzieQ, "Erfasst. Und so erinnere ich mich, nach seinem eindruck, verzeih mir, du seist etwas *langsam von kapee*, aber *guten willens, ein selten harmloser humanoide,* war dabei voll der sympathie für den herrn Argo. wie konnten wir ahnen, uns mal persönlich kennenzulernen, cheers."
"Cheers", ergänzte Flores, "nun erzähl schon."

"Erinnere mich recht lebhaft, eine gnadenlose stimme: *der selbstzerstörungsmechanismus ist aktiviert, die zeit zur deaktivierung läuft aus. Zehn, neun, acht,* da altert man in sekunden", dem leser soll Argos erzählerische neuauflage des einstigen geschehens erspart bleiben, also, so endete er, "könnte sagen, die besatzung des raumtransportes aus einem dornröschenschlaf erlöst zu haben."

Flores, "und da sie nicht gestorben sind, so leben sie noch heute. Aber so erzählt, ist's mal aus anderer sicht."
Miss Chinee, "und wann wird mein freund Major B9/13 uns davon berichtet haben?"
"Na ja, mir ist als wär's gestern gewesen."
"Liegt wohl noch einiges weiter zurück, als mein Principal im ruhestand sich an generationen seiner vorfahren erinnern vermag. Cheers, mein freund."
"Cheers. Die schnittmuster der zeit. Eine großmama, an die ich mich gut erinnere, hat mir klugerweise, bevor sie starb, Marcel Prousts *recherche* vermacht. Warum nicht auch im universalen kosmos alles mit allem irgendwie verbunden?"
"Wohin auch unsere wege führ'n, bleiben nie allein."
Flores, "allerorten stellen sich freunde ein, zum wohl."

Die Scotchflasche leerte sich. SuzieQ hatte zur krönung des abends mit einen Roten vorgesorgt. Eine unvergessliche nacht in fast zeitlosem innehalten, nur die laternen wiegten sich in sanfter brise.

universal grinder episode XLIII

wirrnisse eines geflügelten boten

Angesichts der in schweigen gehüllten hochgebirgskulisse, am ufer des gebirgssees saß Argo auf seiner bank, beine lang ausgestreckt und beobachtete, durch das gras sich vorsichtig nähernd, das ihm vertraute Murmeltier, diesmal in begleitung eines maulwurfs. Recht ungewöhnlich.
"Heute haben wir glück", flüstere das Murmeltier dem ihn begleitenden Platon zu, "dort sitzt mein sonderlicher, aber garantiert harmloser freund, sagen wir im guten tag."
"Was redest du, wie soll der uns verstehen?"
"Hier oben schon, wo sich himmel und erde sich so nahe kommen, da ist alles möglich."
Platon dachte nach, das Murmeltier legte nach, "was denn sonst? Sonst möge mir der philosoph doch bitte erklären, wie mein freund es hinbekommt, die bank her- und plötzlich wieder wegzuzaubern, sich selbst gleich mit?"
Platon dachte weiter nach, gründlichst und schwieg. Die beiden näherten sich dem auf der bank ruhenden und schon wurde ihnen ein "hallo" zugerufen.
Das Murmeltier, "ja und hier, mein besuch aus dem tiefland, Platon genannt."
Argo, "sieh mal einer an, welche ehre wird mir heute zuteil, in aller bescheidenheit, der torhüter des ideenhimmels."
Platons vorbehalte waren damit mehr als entkräftigt. Beide ankömmlinge machten es sich nun im gras bequem.

Das antike panoptikum musste wohl an diesem tag ihren geistern freigang gewährt haben, so wartete auf Argo gleich die nächste überraschung. Erst wehte ein verhalten leises schluchzen in der luft, bis schließlich vor dem ratlos um sich blickenden Argo, über dem wasser schwebend, eine schuh- und helmgeflügelte bronzefarbig nackte männliche gestalt sich näherte, zur seite ein weiblich anmutender schemen, blutloser als ein Botticelli sie je hätte malen können.

Dieses befremdliche Paar ließ sich langsam am ufer nieder. Argo stand auf, wollte seinen augen immer noch nicht recht trauen, ging den unbekannten entgegen.

Dieser bergwelt beliebte es menschen mit folgenreichen visionen und erscheinungen übersinnlicher natur zu narren, brauchte er nur an die legendären ereignisse in dem wenige täler tiefer gelegenen wallfahrtsort zu denken, doch schon überzeugte ihn die gegenwart dieses paares eines besseren.

Der bronzefarbene, "seid gegrüßt, sollte ich hier tatsächlich nicht bekannt sein? Ich bin Hermes, in einem leider sehr delikaten auftrag unterwegs."

"Werde Argo genannt, seid versichert, habe nichts mit den argonauten zu tun, bin ein privatier, wenn sie verstehen was ich meine. Könnte es sein, sie haben sich in der adresse vertan, sich verflogen, vom kurs abgekommen?"

"Ein götterbote, und sich verfliegen?"

Irritiert blickte Argo auf die schwindsüchtige dame, ein wunder, dass diese durchsichtige porzellane schönheit, von den erschütterungen ihres anhaltenden schluchzen, noch nicht in scherben zersprungen war.

Hermes, nun schon mal hier, aus höflicher nachsicht sah er sich diesem ungebildeten gebirgswäldler wohl doch eine kurze erklärung schuldig, "die ständige flennerei dieser Eurydike genannten dame, ohne einsicht und rücksicht stört sie den frieden, wie er im stillen reich der Persephone zur etikette gehört, besonders ihr gatte ist erzürnt. Nur geheilt, darf ich dem herrn diese, meine begleiterin zurückbringen, solange habe ich sie an meiner geflügelten hacke."

Was erzählt der mir, dachte Argo, dieser hermesbote muss begreifen, er hat sich nicht nur im ort, sondern auch in der zeit getäuscht, "soweit mir bekannt, geht es um heilung von liebeskummer, und wie sagt es ein englischen dichter:

Tauch meinen sinn in Lethe, phantasie!
Soll ich so träumen, gern erwach ich nie."

"Sagen sie jenem herren, er habe leicht reden. Ließ diese baumnymphe zweimal aus der *Lethe* trinken, sie kann und will ihren angebeteten, einen übrigens völlig überschätzten sänger, nicht vergessen."

Der Dschinn mischt sich leise ein, "was labert ihr euch für knöpfe an die backe. Für wen hält sich dieser typ, mit den flügelchen an seinen schuhen, und der helm. könnte der nicht eine erfindung des Kappenmannes sein?"
"Lass mal, habe eine idee die beiden loszuwerden."

Derweil der götterbote weiter vom leder zog, offensichtlich über gott und die welt allerhöchst ungehaltener ansichten, "dieser Orpheus, selbst mein liederlicher sohn Pan ist ein besserer musiker, muss mal gesagt sein, auch im wettstreit mit Apollo würde Pan gewinnen."
Argo versuchte zu beschwichtigen, "alles sehr vertrackt. Da sie sich nun mal hierher verirrt haben, ein rat zur güte, sie sehen, meine kleinen freunde sind auch darüber verwundert was hier verhandelt wird." Murmeltier und Platon, die beide neugierig unter der bank hervorlugten, "Platon schon", piepste das Murmeltier kaum hörbar, "er sagt, alles schatten und spiegelbilder."
Hermes ungeduldig, "und der gute rat?", die neugierde des domestiken der alten götter war geweckt.
"Sollte auf die wirkung des wassers der Lethe kein verlass mehr sein, unweit von hier gibt es einen ort der anbetung neuzeitlicher wunder, lockt massen an, das wasser aus einer geheiligten quelle zu trinken, manche lassen sich sogar darin baden. Die durch das wasser erregte verzückung der sinne entrückt ihre Eurydike vielleicht dann doch noch von den auf ihr lastenden erinnerungen."
"Zeus sei mein zeuge, ein versuch soll es wert sein, also nur zu, weisen sie uns den weg."
"Von hier aus abwärts, tal für tal, am ausgang des gebirges finden sie den wallfahrtsort. Besser sie bekleiden sich. Von ihrer schwindsüchtigen begleiterin werden sich mitleidige blicke eher betroffen abwenden. Sie können sogar wasser in flaschen für ihre rückreise in die unterwelt mitnehmen."
Hermes schien es eilig zu haben, ergriff mit einer hand seinen störrischen schützling, schon war er mit ihr durch die lüfte davongeeilt.

Wie empfohlen, das seltsame vorzeitliche paar reihte sich unbehelligt in eine der endlosen prozessionen der pilger ein, Hermes nacktheit wurde von allen geübt ausgeblendet, ein wahnbild, eine letzte versuchung des teufels.
Schließlich erreichten sie im strom der menge die grotte mit der statue der geheiligten visionärin, dann weiter zu den angrenzend, in der felswand an die quelle angeschlossenen zapfhähnen mit dem gesegneten wasser.
Unter Hermes ermunternden worten, trank Eurydike, trank und trank und was wunder, mit ihrer sowieso schon fast unkörperlichen gestalt begann sie wie ein luftgeist empor zu schweben. Umstehende pilger standen gebannt, entzückte und entrückte zeugen dieses himmelfahrtswunders.

Wir können nur vermuten, dem götterboten war's sicher eine andere art der erlösung, und auch seine auftraggeber der unterwelt dürften dies, als zu guter letzt erfolgreiche mission honorieren.
Im wallfahrtsort war dies das ereignis saison, verbreitete sich unaufhaltsam in alle winkel der stadt, stunden darauf schon weltweit, gott hatte sich in einem unfassbar neuem wunder offenbart, eine jungfrau sei wolkenumhüllt selig gen himmel aufgestiegen.

Argo und seine beiden kleinen freunde ahnten von alledem nichts. Platon war fester ansicht, das vorhin erlebte wäre nur der einbildung entsprungen, "die macht des mythus, diese götter verschatten die höhere wahrheit der ideen."
Unser reisender hatte es sich inzwischen wieder auf seiner bank bequem gemacht und schien eingeschlafen.

"Lieber Platon, denk an deine kurzsichtigkeit", ermahnte ihn das Murmeltier, "welche subversiven ideen treiben dich jetzt schon wieder um?" Es schien tatsächlich, Platon wollte sich anschicken in der nähe der bank zu buddeln.
"Keine sorge", erklärte dieser, "benötige etwas bewegung, wieder auf klare gedanken kommen. Hege keine absicht einen tunnel unter die füsse der sitzbank zu graben. Lassen wir deinen freund in ruhe den abend genießen."

aus dem skizzenbuch des autors

zeitgeist oder chimäre?
der blick von der peripherie, unerschöpflich die varianten
eintauchen in die probleme der welt
welcher welt? wessen welt? an wessen horizont?
gegenwart, was ist gegenwärtig?
pflicht zur meinung, staatliche bevormundung
keine meinung teilen, subversiven denkens verdächtig
schützengräben machen klaustrophobisch
farbe bekennen, die weiße fahne scheint verpönt
kein freund der katharsis
dem leser kein kreuz aufbürden
wo findet sich die quelle der einsicht?
vielgesichtig, das lesen eines telefonbuchs
vorteil, unzuverlässiges erzählen hält wach
katalysator alles denkbaren, *raum des möglichen*

aus dem alltag eines buchverlegers

der multiversale origamischwan

"Wie darf ich mir diesen raum vorstellen?" wollte der wirt der herberge *La cigale fainéante,* Jules le Patron wissen, "der aufenthalt in meinem wirtshaus ist labend, der inspiration des künstlers förderlich, herr Argo kann das bestätigen."
Lucys fragender blick, ein fremder hafen, Louise Davenport?
Argo nickte verlegen, ratlos die passende ausflucht aus dem *raum des möglichen* zu extrahieren.
Miss Haven sorgte für entspannung, "unausweichlich ist das leben, *girl meets boy* oder *boy meets girl, aber willst du mein sein,* das ist übergriffig."

Die aufmerksamkeit der übrigen stand längst im bann des nächsten zu erwartenden dramas auf der schreibtischplatte des Kleinen Tellerrand, hoffentlich noch rechtzeitig zum flug abhebender origamischwans, bevor er opfer des kosmischen kannibalismus werden würde.

"Aus einem blatt porzellanpapier gefaltet", erläuterte die besitzerin Lavie Duport, "mein multiversaler schwan, und wehe ihm passiert was."

"Ein multiversum", Dolores versucht's zu erklären, "darin liegen die räume, wie man's nimmt, dicht beieinander, jetzt auf gleich sozusagen, nicht durch lichtjahre getrennt. Uns wissenschaftlern eine inspiration."

Ehe nun diese sache zwischen bildlichkeit und abstraktion sich aus anfänglichem begreifen sofort wieder verflüchtigte, verstand Lucy es bestens, ganz praktisch ins gegenwärtige zurückführen, "so auf dem trocknen tut uns allen nicht gut."

"Für mich bitte ein selters", rief Mr. Peeekaboo der hinaus eilenden hinterher.

Im anti-chambre des verlegers, Effie Périnée, der fels in der brandung aufdringlicher gläubiger und windiger interessen, beschäftigt ihre fingernägel zu manikүren, nun gab's zu tun, das versorgungsproblem zu lösen. Sekt und branntweine, mindestens eine flasche Roten, ausreichend stilles und auch moussierenden selters. Effie zu Lucy, "Für mich wird wohl auch ein gläschen drin sein?"

Diese legte ihren arm um sie, "werden uns schon schadlos halten."

"Mein job hier, ein wahrer erholungsurlaub im vergleich zu drittklassigen dedektivbüros, wo gehaltszahlungen auf sich warten lassen, an gefahrenzulage gar nicht zu denken."

"So ist unser leben, wann haben wir schon mal das glück an einen chef zu geraten, von keinen großen zielen geblendet? Oder, autoren, die uns wie bildhauer zurecht meißeln, ihrer selbstdarstellung dienlich? Mag unser autor tausendmal ein lunatic sein, immerhin, seiner geistige hygiene zuliebe hält er sich von moralinsauren maximen fern. Da sag ich bingo, sogar einem Roten gesteht er das recht zu, zu atmen."

Währenddessen der origamischwan, statt sich durch flug in sicherheit zu bringen, ließ er sich auf dem sternenmeer der der schreibtischplatte treiben. Zur verwunderung aller blieb er verschont, womit das interesse sich dem getränkewagen zuwendete, der von Effie und Lucy hereingeschoben wurde, passend zum abschluss dessen auf dieser seite.

reimen und wahrheit sind zweierlei

Kleiner Tellerrand hielt die schublade des schreibtischs leicht geöffnet, überflog unauffällig die bestzungsliste des *grinder universums*, während ihm ein herr Ohnegut gegenüber saß, der mühe hatte, mit seinem anliegen aufs gleis zu kommen.

Also der frühere besitzer des *universal grinders*, das kann ja gut werden dachte er und erwiderte, "dann man tau, herr Ohnegut, das ungereimte zeichnet nun mal das schreiben unseren autors aus."

Herr Ohnegut, nun besser sortiert als zu beginn, "es gibt ein zeitparadox im ablauf zweier ereignisse, die der autor nicht so leicht dem Dschinn in die schuhe schieben dürfte."
"Tut er das denn?"
"Nicht direkt, aber wie soll der leser sich einen reim darauf machen und noch durchblicken."
"Herausforderungen können doch auch vergnüglich sein."
 Also dann, zur sache. Argos begegnug mit Major B-9/13, dem androiden kapitän des raumtransporters für seltene biotope, als aufmerksamer verleger erinnern sie sich, dürfte sich unbestritten in einer späten zukunft abgespielt haben. Major B-9/13 erinnerte sich an den planeten Erde nur aus sagenhafter vergangenheit."
"Ich stimme soweit zu. Vergessen sie nicht, die kulturellen hinterlassenschaften der menschheit hatten übedauert und wurden hoch geschätzt."
"Welch ein trost. Aber das ist nicht mein punkt."
"Dann punkten sie mal, herr Ohnegut."
"Warten sie nur ab. Argos reise zum donut-atoll ist durch den besuch der *Themis,* darin dürften wir uns einig sein, in einem sozusagen gegenwärtigen zeitraum zu verordnen."
"Auch das scheint mir vage."
"Major-B-9/13, wie iwr wissen, in alter freundschaft mit SusieQ HM5 verbunden, hatte ihr einst ihr von dem *harmlosen humanoiden* erzählt, dem er immerhin rettung seines raumschiffs verdankte, und das, nach unserem verständnis, in unvorstellbar weit zurückliegender zeit, wie miss Chinee Sunflower dem verdutzten Argo erklärte."

Kleiner Tellerrand, "wahrlich, ein paradox, Argo scheint dies wohl auch aufgestoßen zu sein."
"Von dem larifari halte ich nichts."
"Bleiben wir bei der sache. Die Dschinn mal beiseite, es sind wohl eher andere kräfte in betracht zu ziehen. Warum sollte nicht ein demiurg in einem multiversum eine parallele Erde als ersatz geschaffen haben, für den fall, dass mit der einen etwas schief läuft", nach einer pause, "aber warum sind sie wirklich hier?"
Ohnegut, "Das zum einen, dieses paradox, ein guter anlass vorstellig zu werden. Aber zugegeben, auch ein schlechtes gewissen gegenüber dem Dschinn. Wie sie wissen, ich hatte den *universal grinder* mit einer list veräußert."
"Sie sind doch längst aus dem schneider."
"Leicht gesagt, doch *eigen gewissen ist mehr als tausend zeugen*", er bekreuzigte sich, überspielte das, "war kürzlich beim flohmarkthändler Ungut vorstellig geworden, nicht mit der absicht den *grinder* auszulösen."
"Einen täter zieht's zum ort seines frevels zurück."
"Vielleicht ist es das. Jedenfalls Ungut konnte sich nicht einmal an mich erinnern. Er schlug in alten kassenbüchern nach und sagte schließlich, "kann dem nur entnehmen, dass mein verstorbener vater die in rede stehende antiquität einem liebhaber überlassen hat, vor über fünfzig jahren und dahinter nur drei kreuze vermerkt."
Nachdenklich ließ der Brunnenfrosch seinen blick auf der erscheinung seines gegenüber ruhen. Ein abgehalfteter mephisto, dachte er. Der und gewissensbisse. Maßloses wünschen mag ihn einst korrumpiert und ruiniert haben. Er spürte die wachsende nervosität des Ohnegut, die grüne feder an dessen hut zitterte leicht.
"Nehmen sie das zur kenntnis. Argo fehlt es an ehrgeiz den Dschinn zu überfordern. So einfach ist das."
Effie Périnées stimme von nebenan, "chef, hört sich so an als hätten sie besuch."
Kleiner Tellerand rieb sich die augen, keine Ohngut vor ihm.
"Danke für deine aufmerksamkeit Effie. Lass uns für heute feierabend machen."

Anmerkungen des Verlegers

Seite 6
Abbildung: Yijing 49 »GE – die Umwälzung«

Seiten 59 und 75
Zitat: "... der name ist doch nur der gast der wirklichkeit."
Im »Chuang-tzu« 1. Buch, 4. Episode, so steht es in der englischen Übersetzung von James Legge. Zur Fabel:
Ein Fürst bietet seinen Thron einem weisen Ratgeber an und erhält zur Antwort,
"the kingdom is well governed. If I in these circumstances take your place, shall I not be doing so for the sake of the name? But the name is but the guest of reality; - shall I be playing the part of the guest?"

Seite 102
»Le Monstre« 1965, eine Erzählung von Gérard Klein
(Deutscher Titel, »Das Monster im Park«)

Seite 104
»Bi Yän Lu - Niederschrift von der smaragdenen Felswand«
in deutscher Übersetzung und erläutert von Wilhelm Gundert

Seite 111
SuzieQ zitiert Verse aus Beispielen (gong'an) der eben genannten chinesischen *Ch'an* Sammlung des »Bi Yän Lu«

Seite 108
Lo-tsen aus dem Roman
»Lost Horizon« 1933, von James Hilton
(Deutscher Titel, »Der verlorene Horizont«)

Seite 111
mount platti, höchste Erhebung auf Alfs Heimatplaneten *Melmarc.* Schade dass Sigourney Weaver als Lt. Ripley es nie dorthin geschafft hat.

Seite 114
Verse zitiert aus »Mondnacht« von Joseph von Eichendorff

Seite 121
das Schlagen der Nachtigall, imitiert von einem Burschen im Gebüsch versteckt, ist ein Beispiel von Immanuel Kant, in seiner Abhandlung »Kritik der Urteilskraft« 1790 (§42 letzte Absätze)

Seite 133
Tauch meinen Sinn in Lethe, ...
Verse in der Übersetzung von August Wilhelm Schlegel:
Shakespeare »Twelfth Night, or, What You Will« (Was ihr wollt)
IV Aufzug, erste szene (am Ende)
Sebastian:
Let fancy still my sense in Lethe sleep;
If it be thus to dream, still let me sleep.

Seite 136
der mulitversale Schwan bezieht sich auf ein Origami Kunstwerk von Torsten Stühmke-Semlow, aus einem Bogen Porzellanpapier gefaltet

hier als ungefähre, schlichte Nachzeichnung des Autors

Seite 138
Abbildung: Yijing 41 »SUN – Die Minderung«

Inhalt

auszug eines gesprächs mit dem autor II

universal grinder episode XXXIV
ein schlitzohriger handel 7

universal grinder episode XXXV
beware the moonflowers
ankunft 11
ein entlegenes motel 14

einst auf einem kleinen planeten
irrlichternd auf dem holzweg 17

universal grinder episode XXXV
beware the moonflowers
 frühstücksgespräche 20
auf dem mondblumenacker 22

meeresstrand am rand der zeiten
einmal flut bitte 27

universal grinder episode XXXV
beware the moonflowers
wie es so kommen kann   32

aus dem alltag eines buchverlegers
low budget – high spirits I   36

universal grinder episode XXXVI
ehrgeiz lebt vom wind I   40

aus dem alltag eines buchverlegers
low budget – high spirits II   43

universal grinder episode XXXVI
ehrgeiz lebt vom wind II   47

universal grinder episode XXXVII
abendstille und alpenglühen   51

universal grinder episode XXXVII
überall und nirgendwo I   54

einst auf einem kleinen planeten
le soupir des feuilles   58
basierend auf der fabel von der *freude der fische*

universal grinder episode XXXVIII
überall und nirgendwo II   61

universal grinder episode XXXIX
kleider machen leute   64

universal grinder episode XXXVIII
überall und nirgendwo III   68

universal grinder episode XXXIX
kleider machen leute II   71
ausklang im verlagsbüro   74

universal grinder episode XL
beware the profiteroles
ankunft im golfhotel   76

aus dem alltag eines buchverlegers
eine persönliche frage I   81

universal grinder episode XL
beware the profiteroles
frühstücksgespräche   83

aus dem alltag eines buchverlegers
eine persönliche frage II 87

universal grinder episode XL
beware the profiteroles
nature is a cheating gambler 88
zeitgespinste 91
besucher 93
es gehört nicht auf alle fragen antwort 96

universal grinder episode XLI
revolutionärer wahnwitz 98

universal grinder episode XLII
das donut-atoll
Miss Chinee Sunflower 103
einschub des ghost-narrators 106
an die arbeit 108
abendstille 111
es gibt kundschaft 115

meeresstrand am rand der zeiten
eine strandpromenade 118

Die Ichheit und die psyche 122

universal grinder episode XLII
das donut-atoll
und nun? 125
die nacht bringt es an den tag 127
schnittmuster der zeit 129

universal grinder episode XLIII
wirrnisse eines geflügelten boten 132

aus dem skizzenbuch des autors 136

aus dem alltag eines buchverlegers
der multiversale origamischwan 136
reimen und wahrheit sind zweierlei 138